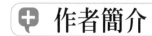
✚ 作者簡介

李輝華

學經歷：美國堪薩斯州立大學課程與教學博士

　　　　美國聖邁可學院英語教學碩士

　　　　美國史密斯學院美國研究所畢業

　　　　中山大學外文系副教授

　　　　中山大學九十二學年度傑出教學教師

其他著作：《英語發音學習法》三版一刷、《教室管理》三版、《有

　　　　　效英語教學法》二版二刷(修訂)

退而不休，仍以餘力從事英語學習專題研究

楊明倫

學歷：美國德州大學奧斯汀分校外語教育博士

　　　美國南加州大學英語教學碩士

　　　中山大學外文系畢業

現職：南臺科技大學應用英語系助理教授

前　言

　　英語的「自然發音法」(Phonics)，近年來亦有人稱之為「字母拼讀法」，是訓練學生在看到一個英文單字時，即能根據其組成字母與其讀音的對應關係，正確唸出該單字發音的方法。本書的研究結果顯示，應有高達百分之九十以上的單音節單字，其組成字母在各個單字中讀什麼音，是有規則可循的。掌握了這些字母的讀音規則、例外情形和無規則可循的例子，即等於掌握了所有單音節單字的發音。

　　在台灣，論及自然發音法的著作很多，但其中沒有一本像本書一樣，企圖完整又有系統地回答，與單音節單字字母讀音相關的七大核心問題；只有在解決這些問題後，學習者才能清楚知道，單音節單字中組成字母的正確讀音，也才能精準地掌握這些單字的發音。這七個問題是：

　　一　每個母音字母(組合)，在單字中有哪幾種讀音？
　　二　每個母音字母(組合)的各種讀音，又有哪些讀音規則？
　　三　在這些規則中，是否有例外的情形？
　　四　有哪些單字的母音字母(組合)讀音，是沒有規則可循的？
　　五　每個子音字母(組合)，在單字中有哪幾種讀音？
　　六　每個子音字母(組合)，又有哪些讀音規則？
　　七　在這些規則中，是否有例外的情形？

本書完成了這個任務。它的完成,有以下三個重大意義:

一 它為以自然發音法教單音節單字發音的教師,提供了目前市面上內容最完整、最有系統的教科書或參考工具書。

二 它還是一本非常有趣的書,因為Phonics的學習者,在看了本書後,對單音節單字中之各種組合的字母,在什麼情況下讀什麼音以及為什麼,會有茅塞頓開、豁然開朗之感。

三 它更是一本得來不易的專書。因為它是由兩位受過嚴格學術研究訓練的英語專業教師,花了長達五年的時間所共同完成的。長期以來,很少有個別的學者,願意投入如此長的時間,來寫一本可當教材用的專書;更不用說,是由兩人合力完成。這也是為什麼,本書能夠回答,前述七個過去從未有任何出版物嘗試回答的問題。本書已是,同一領域書籍中的經典之作。

此外,本書列舉了大約一千八百個英文單音節單字,做為例証,其中大都是初至中階程度的單字。是故,英語接近中等程度的本書使用者,不僅可學習英語的自然發音法規則,亦可順便掌握,他們所不熟悉的單字發音和中文意思。換言之,他們還可把此書當作一本英文單字書來讀。

為了方便讀者使用此書，它是以大家熟悉的K.K.音標來標示，每個母音字母和子音字母的各種讀音以及書中所有單字的發音。換言之，本書中所介紹的Phonics，是美國英語的發音。如前面所言，書中所列舉的單字，以初至中階程度為主。但為了介紹某些讀音規則，少數比較高階的單字，也會加以採用。

再者，本書中做為例証的單字，許多都有一種以上的詞性，而且在一種詞性中，也常會有一個以上的意思。由於本書的主要目的，是介紹單字中各個字母的各種讀音及其讀音規則，故本書採用以下的原則：一個單字只寫出它的一個詞性，以及在絕大多數情形下只有一個中文解釋；同一個單字，若因不同詞性而有不同的讀音時，則會適時再加以引用做為例証。

✚ 目　錄

前　言 iii

第一部份 母音字母(組合)的讀音和讀音規則 001

壹、a 的母音字母(組合)有〔e〕,〔ε〕,〔ɔ〕,〔ɑ〕, 和〔æ〕五
　　種讀音,每種讀音有二至六個讀音規則

　一 讀〔e〕:有五個讀音規則 005

　　1. a＋非 r 的子音字母＋e 時,a 讀〔e〕(3)　005

　　2. ai＋非 r 的子音字母時,ai 讀〔e〕(2)　007

　　3. ay＋φ 時,ay 讀〔e〕　009

　　4. a＋ste 時,a 讀〔e〕(1)　010

　　5. a＋gue 時,a 讀〔e〕,此時 ue 不讀音　010

　二 讀〔ε〕:有兩個讀音規則 011

　　1. a＋r＋e 時,a 讀〔ε〕(1)　011

　　2. ai＋r 時,ai 讀〔ε〕　012

　三 讀〔ɔ〕:有六個讀音規則 013

　　1. a＋lk 時,a 讀〔ɔ〕(此時 l 不讀音)　013

　　2. a＋ll 或 lt(z) 時,a 讀〔ɔ〕(1, 0)　014

　　3. aw＋φ 或子音字母時,aw 讀〔ɔ〕　015

　　4. au＋子音字母(＋子音字母)時,au 讀〔ɔ〕(3)　017

　　5. au＋子音字母＋e 時,au 讀〔ɔ〕(1)　018

　　6. w＋a＋r (＋子音字母)時,a 讀〔ɔ〕　018

Contents

四 讀〔ɑ〕：有五個讀音規則 ⎯⎯⎯⎯⎯⎯⎯ 019

　　1. (非 w 的子音字母)＋a＋r (＋子音字母)時，a 讀〔ɑ〕　019

　　2. a＋r＋子音字母＋e 時，a 讀〔ɑ〕(1)　020

　　3. a＋lm(s)時，a 讀〔ɑ〕(此時 l 不讀音)　021

　　4. w＋a＋非 l, r, 或 y 的子音字母(＋子音字母)時，a 讀〔ɑ〕(4)　021

　　5. squ＋a＋非 ll, re, 或 wk 時，a 讀〔ɑ〕　023

五 讀〔æ〕：有兩個讀音規則 ⎯⎯⎯⎯⎯⎯⎯ 024

　　1. a＋nce 時，a 讀〔æ〕　024

　　2. (非 w 的子音字母)＋a＋非 l, r, w 或 y 的子音字母(＋子音字母)時，a 讀〔æ〕(1)　024

a 的母音字母(組合)，其讀音無規則可循的個別例子 ⎯⎯⎯ 028

貳、 e 的母音字母(組合)有〔i〕，〔I〕，〔e〕，〔ɚ〕，〔u〕，〔ju〕，和〔ɛ〕七種讀音，每種讀音有一至七個讀音規則

一 讀〔i〕：有七個讀音規則 ⎯⎯⎯⎯⎯⎯⎯ 031

　　1. e＋ϕ 時，e 讀〔i〕(1)　031

　　2. e＋非 r 的子音字母＋e 時，e 讀〔i〕(2)　032

　　3. ee＋ϕ 時，ee 讀〔i〕　033

　　4. ee＋非 r 的子音字母時，ee 讀〔i〕(1)　033

　　5. ee＋子音字母＋e 時，ee 讀〔i〕　036

　　6. ea＋子音字母＋e 時，ea 讀〔i〕　036

　　7. ea＋ϕ, ch, k, l, m, n, p, st, 或 t 時，ea 讀〔i〕(1, 0, 2, 0, 0, 0, 0, 1, 3)　037

Contents

二 讀〔ɪ〕：有兩個讀音規則 041

　　1. ee＋r 時，ee 讀〔ɪ〕　041

　　2. ea＋r 時，ea 讀〔ɪ〕(5)　042

三 讀〔e〕：有兩個讀音規則 043

　　1. ey＋φ 時，ey 讀〔e〕(1)　043

　　2. ei＋非 r 的子音字母(＋子音字母)時，ei 讀〔e〕(5)　043

四 讀〔ɝ〕：有兩個讀音規則 044

　　1. er＋子音字母(＋e)時，er 讀〔ɝ〕(1)　044

　　2. ear＋子音字母時，ear 讀〔ɝ〕(3)　045

五 讀〔u〕：有一個讀音規則 046

　　l 或 r＋ew 時，ew 讀〔u〕　046

六 讀〔ju〕：有一個讀音規則 047

　　非 l 或 r 的子音字母＋ew 時，ew 讀〔ju〕(2)　047

七 讀〔ɛ〕：有三個讀音規則 048

　　1. ea＋l＋子音字母時，ea 讀〔ɛ〕　048

　　2. e＋非 r 的子音字母＋子音字母＋e 時，e 讀〔ɛ〕　048

　　3. e＋非 r, w, 或 y 的子音字母(＋子音字母)(＋子音字母)時，e 讀〔ɛ〕
　　　　049

兩個特例規則 052

　　1. e＋r＋e 時，e 在三個特定單字中讀〔ɛ〕，在另外三個特定單字中讀
　　　　〔ɪ〕，在一個特定單字中 ere 讀〔ɝ〕　052

Contents

2. ea＋d 時，ea 在特定的單字中分別讀〔ɛ〕和〔i〕 053

e 的母音字母(組合)，其讀音無規則可循的個別例子 054

參、 i 的母音字母(組合)有〔aɪ〕,〔i〕,〔ɝ〕,和〔ɪ〕四種讀音，每種讀音有一至四個讀音規則

一 讀〔aɪ〕：有四個讀音規則 057

  1. i＋子音字母＋e 時，i 讀〔aɪ〕(2) 057

  2. ie＋φ 時，ie 讀〔aɪ〕 058

  3. i＋gh(t) 時，i 讀〔aɪ〕(此時 gh 不讀音) 059

  4. i＋ld 或 nd 時，i 讀〔aɪ〕(1,1) 060

二 讀〔i〕：有兩個讀音規則 061

  1. ie＋非 r 的子音字母＋(子音字母)時，ie 讀〔i〕(1) 061

  2. ie＋非 r 的子音字母＋e 時，ie 讀〔i〕 062

三 讀〔ɝ〕：有一個讀音規則 062

  ir (＋子音字母)(＋子音字母)時，ir 讀〔ɝ〕 062

四 讀〔ɪ〕：有三個讀音規則 063

  1. i＋子音字母＋子音字母＋e 時，i 讀〔ɪ〕 063

  2. ie＋r(＋子音字母[＋e])時，ie 讀〔ɪ〕 064

  3. i＋非 gh(t), ld, nd, 或 r 的子音字母(＋子音字母)時，i 讀〔ɪ〕(5) 064

i 的母音字母(組合)，其讀音無規則可循的個別例子 068

Contents

肆、o 的母音字母(組合)有〔o〕，〔ɔ〕，〔u〕，〔ʊ〕，〔aʊ〕，〔ɔɪ〕，〔ɝ〕，〔ʌ〕，和〔ɑ〕九種讀音，每種讀音有一至七個讀音規則

一 讀〔o〕：有五個讀音規則 ……………………………… 069

　　1. o＋非 r 的子音字母＋e 時，o 讀〔o〕　069

　　2. oe＋φ 時，oe 讀〔o〕(1)　076

　　3. oa＋非 r 的子音字母(＋子音字母)時，oa 讀〔o〕(1)　076

　　4. ow＋n 的單字，若為動詞的過去分詞時，ow 讀〔o〕　077

　　5. o＋ld, ll, 或 lt 時，o 讀〔o〕(0,1,0)　078

二 讀〔ɔ〕：有七個讀音規則 ……………………………… 079

　　1. o＋r＋e 時，o 讀〔ɔ〕　079

　　2. o＋r＋子音字母＋e 時，o 讀〔ɔ〕(1)　080

　　3. oa＋r (＋子音字母[＋e])時，oa 讀〔ɔ〕　081

　　4. ou＋r＋子音字母(＋e)時，ou 讀〔ɔ〕　081

　　5. (非 w 的子音字母)＋o＋r (＋子音字母)時，o 讀〔ɔ〕　082

　　6. ou＋ght 時，ou 讀〔ɔ〕(1)(此時 gh 不讀音)　083

　　7. o＋ng, ss, 或 th 時，o 讀〔ɔ〕(0, 2, 1)　083

三 讀〔u〕：有四個讀音規則 ……………………………… 085

　　1. ou＋p (＋e) 時，ou 讀〔u〕　085

　　2. oo＋φ 時，oo 讀〔u〕　085

　　3. oo＋非 d, k, 或 r 的子音字母時，oo 讀〔u〕(4)　086

　　4. oo＋非 k 或 r 的子音字母＋e 時，oo 讀〔u〕　087

四 讀〔ʊ〕：有兩個讀音規則 088

1. oo＋k 時，oo 讀〔ʊ〕 088

2. ou＋ld 時，ou 讀〔ʊ〕(此時 l 不讀音) 088

五 讀〔aʊ〕：有三個讀音規則 089

1. ow＋l 時，ow 讀〔aʊ〕(1) 089

2. ow＋n 的單字，若不是動詞的過去分詞時，則 ow 讀〔aʊ〕(1) 089

3. ou＋ch, d, nce, nd, se 或 t 時，ou 讀〔aʊ〕 (1, 0, 0, 1, 0, 0) 090

六 讀〔ɔɪ〕：有兩個讀音規則 093

1. oy＋φ 時，oy 讀〔ɔɪ〕 093

2. oi＋子音字母(＋子音字母或＋e)時，則 oi 讀〔ɔɪ〕 (1) 093

七 讀〔ɝ〕：有一個讀音規則 094

w＋or＋子音字母(＋子音字母)時，or 讀〔ɝ〕(2) 094

八 讀〔ʌ〕：有一個讀音規則 095

o＋n(＋g 以外的子音字母)時，o 讀〔ʌ〕(3) 095

九 讀〔ɑ〕：有一個讀音規則 096

o＋b, ck, d, dge, g, m, nd, p, t, 或 x 時，o 讀〔ɑ〕(0, 0, 0, 0, 1, 1, 0, 0, 0, 0) 096

七個特例規則 101

1. o＋φ 時，在四個特定單字中讀〔o〕，在另外三個特定單字中讀〔u〕 101

2. o＋st 時，o 在四個特定單字中讀〔o〕，在另外三個特定單字中讀〔ɔ〕 102

3. oo＋d 時，oo 在兩個特定單字中讀〔ʌ〕，在三個特定單字中讀〔u〕，在另三個特定單字中讀〔ʊ〕　103

4. oo＋r 時，oo 在兩個特定單字中讀〔ɔ〕，在另外三個特定單字讀〔ʊ〕　104

5. ou＋gh 時，ou 在一個特定的單字中讀〔u〕，另一個特定單字中讀〔aʊ〕，兩個特定單字中讀〔o〕，兩個特定單字中讀〔ʌ〕，和另外兩個特定單字中讀〔ɔ〕：此時 gh 在上述的情況下，可能不讀音或讀〔f〕　105

6. ou＋r 時，ou 在兩個特定的單字中讀〔ɔ〕，兩個特定的單字中讀〔ʊ〕，四個特定的單字中讀〔aʊ〕　106

7. ow＋φ 時，ow 在特定的單字中分別讀〔o〕或〔aʊ〕　107

o 的母音字母(組合)，其讀音無規則可循的個別例子　109

伍、u 的母音字母(組合)有〔ju〕，〔jʊ〕，〔ɝ〕，〔u〕，〔ʌ〕，不讀音, 和〔w〕七種讀音，每種讀音有一至三個讀音規則

一 讀〔ju〕：有一個讀音規則　113

(非 l 或 r 的子音字母)＋u＋非 r 的子音字母＋e 時，u 讀〔ju〕　113

二 讀〔jʊ〕：有一個讀音規則　114

u＋r＋e 時，u 讀〔jʊ〕(1)　114

三 讀〔ɝ〕：有兩個讀音規則　114

1. ur (＋子音字母)(＋子音字母)時，ur 讀〔ɝ〕　114

2. ur＋子音字母＋e 時，ur 讀〔ɝ〕　115

Contents

四　讀〔u〕：有三個讀音規則 ──────────── 116

　　1. ue＋φ 時，ue 讀〔u〕(3)　116

　　2. l 或 r＋u＋非 r 的子音字母＋e 時，u 讀〔u〕　116

　　3. 非 b, g, 或 q 的子音字母＋ui＋子音字母(＋e)時，ui 讀〔u〕(1)　117

五　讀〔ʌ〕：有兩個讀音規則 ──────────── 117

　　1. u＋dge 時，u 讀〔ʌ〕　117

　　2. u＋非 r 的子音字母(＋子音字母)時，u 讀〔ʌ〕(7)　118

六　不讀音：有一個讀音規則 ──────────── 122

　　b 或 g＋u＋母音字母(或 y)時，u 不讀音　122

七　讀〔w〕：有一個讀音規則 ──────────── 123

　　q＋u 時，u 讀子音〔w〕(2)　124

　u 的母音字母(組合)，其讀音無規則可循的例子 ───── 124

第二部份　子音字母(組合)的讀音和讀音規則 ────── 127

一　b ──────────────────────── 129

　　1. b 有兩種讀音：不讀音和〔b〕　129

　　2. b 的讀音規則：　129

二　c ──────────────────────── 131

　　1. c 有三種讀音：不讀音,〔s〕和〔k〕　131

　　2. c 的讀音規則：　131

Contents

三 ch 134

　1. ch 有四種讀音：不讀音, 〔ʃ〕, 〔k〕和〔tʃ〕　134

　2. ch 的讀音規則：　134

四 d 136

　1. d 有兩種讀音：不讀音和〔d〕　136

　2. d 的讀音規則：　136

五 dr 138

　dr 在任何情況下都讀〔dr〕　138

六 f 139

　1. f 有兩種讀音：〔v〕和〔f〕　139

　2. f 的讀音規則：　139

七 g 140

　1. g 有兩種讀音：不讀音和〔g〕　140

　2. g 的讀音規則：　140

八 ge 出現在字首 142

　1. ge 出現在字首時，g 有兩種讀音：〔g〕和〔dʒ〕　142

　2. ge 出現在字首時，g 的讀音規則：　142

九 ge 出現在字尾 143

　1. ge 出現在字尾時，g 有兩種讀音：〔ʒ〕和〔dʒ〕　143

　2. ge 出現在字尾時，g 的讀音規則：　143

Contents

十　gi 出現在字首 ————————————————— 144

　　1. gi 出現在字首時，g 有兩種讀音：〔dʒ〕和〔g〕 144

　　2. gi 出現在字首時，g 的讀音規則： 144

十一　gu ＋母音字母(或 y)出現在字首 ————— 145

　　gu ＋母音字母(或 y)出現在字首時，g 都讀〔g〕 145

十二　gh ———————————————————————— 146

　　1. gh 有三種讀音：〔g〕，〔f〕和不讀音 146

　　2. gh 的讀音規則： 146

十三　h ——————————————————————————— 148

　　1. h 有兩種讀音：不讀音和〔h〕 148

　　2. h 的讀音規則： 148

十四　j ——————————————————————————— 150

　　j 在任何情況下都讀〔dʒ〕 150

十五　k ——————————————————————————— 151

　　1. k 有兩種讀音：不讀音和〔k〕 151

　　2. k 的讀音規則： 151

十六　l ——————————————————————————— 153

　　1. l 有兩種讀音：不讀音和〔l〕 153

　　2. l 的讀音規則： 153

Contents

十七 m 155

　　m 在任何情況下都讀〔m〕　155

十八 n 156

　　1. n 有三種讀音：不讀音,〔ŋ〕, 和〔n〕　156

　　2. n 的讀音規則：　156

十九 ng 158

　　1. ng 有兩種讀音：〔ŋ(k)〕和〔ŋ〕　158

　　2. ng 的讀音規則：　158

二十 p 160

　　1. p 有兩種讀音：不讀音和〔p〕　160

　　2. p 的讀音規則：　160

二十一 ph 162

　　ph 在任何情況下都讀〔f〕　162

二十二 q 162

　　q 在任何情況下都讀〔k〕　162

二十三 r 163

　　r 在任何情況下都讀〔r〕　163

二十四 s 164

　　1. s 有四種讀音：〔ʃ〕, 不讀音,〔z〕和〔s〕　164

　　2. s 的讀音規則：　164

Contents

二十五　se 出現在字尾　168

　1. se 出現在字尾時，s 有兩種讀音：〔s〕和〔z〕　168

　2. se 出現在字尾時，s 的讀音規則：　168

二十六　sh　174

　sh 在任何情況都讀〔ʃ〕　174

二十七　t　175

　1. t 有兩種讀音：不讀音和〔t〕　175

　2. t 的讀音規則：　175

二十八　th　177

　1. th 有兩種讀音：〔ð〕和〔θ〕　177

　2. th 的讀音規則：　177

二十九　tr　180

　tr 在任何情況下都讀〔tr〕　180

三十　v　181

　v 在任何情況下都讀〔v〕　181

三十一　w　182

　1. w 有兩種讀音：不讀音和〔w〕　182

　2. w 的讀音規則：　182

三十二　wh　184

　1. wh 有兩種讀音：〔h〕和〔hw〕　184

　2. wh 的讀音規則：　184

三十三　x　185

　x 在任何情況下都讀〔ks〕　185

三十四　y　186

　1. y 有三種讀音：〔ɪ〕,〔j〕和〔aɪ〕　186

　2. y 的讀音規則：　186

三十五　z　189

　z 在任何情況下都讀〔z〕　189

三十六　同一個子音字母重複在字尾出現　190

　同一個子音字母重複在字尾出現時，其讀音即是音標和它們相同的子音 (1)
　190

後　記　193

附錄：看似單音節實為雙音節的單字　199

第一部份

母音字母（組合）的讀音和讀音規則

第一部份 母音字母(組合)的讀音和讀音規則

所有單音節單字的發音，都是由一個母音或由一個母音和其前後的子音所構成。亦即，此發音中一定有一個母音，但可能前後沒有任何子音或可能有好幾個子音。讀母音的，在絕大多數的情形下，是單字中的第一個母音字母的讀音，或者是，由單字中第一個母音字母和之後的子音字母，或和另一個母音字母合在一起時的讀音。所以，本書在介紹母音字母的讀音和讀音規則時，所指的母音字母，包括以下四種組合：

一 只有一個母音字母，亦即 a, e, i, o, 和 u。

二 母音字母＋母音字母，如 ai, au, ea, ee, ie, oi, ou, ue 等。

三 母音字母＋子音字母，如 aw, ay, ew, ey, ir, oy, ur 等。

四 母音字母＋母音字母＋子音字母；這種組合，只出現在一個讀音規則裏，亦即 ear＋子音字母時，ear 讀〔ɝ〕，如 learn〔lɝn〕和 search〔sɝtʃ〕等中的 ear。

單音節單字中，讀母音的有時還包括子音字母 y。這一部份，本書在介紹子音字母的讀音和讀音規則時，會有詳細的說明。

本書歸納母音字母(組合)之各種讀音的讀音規則，幾乎都是以下列兩個條件為依據：

一 同一個讀音規則，可適用於三個(含)以上相同或同一類結構的英文單字。

二　每一個讀音規則，都允許有例外的情形。

少數幾個母音字母(組合)的讀音，有些特例規則，本書會在它們出現時，再加以介紹。

一個母音字母(組合)的讀音規則，若只適用於十來個以內的單字，本書會儘可能將這些單字全部列舉出來，做為例証。其它讀音規則，若適用於十幾個以上的單字，則其例証會酌量增加。有些讀音規則，可適用的單字非常多，本書即會將這類單字大量列出，以突顯這些規則的普遍性。

這一部份，是以五大單元來分別介紹：*a, e, i, o, 和u五個母音字母(組合)*之各種讀音及其讀音規則；為了敘述方便起見，本書以後分別談到前面斜體字部份時，會寫成a, e, i, o, 或u的母音字母(組合)。而各個單元所介紹的，其先後次序，儘可能遵循下面三個原則：

一　由易而難。

二　由簡而繁。

三　前面的讀音規則先介紹，有助於讀者對之後讀音規則的了解。

壹、a 的母音字母(組合)有〔e〕,〔ɛ〕,〔ɔ〕,〔ɑ〕, 和
〔æ〕五種讀音,每種讀音有二至六個讀音規則

一 讀〔e〕:有五個讀音規則

1. a＋非 r 的子音字母＋e 時,a 讀〔e〕 (3) ❶

單　字	發　音	詞　性	詞　意
ace	〔es〕	n.	王牌
age	〔edʒ〕	n.	年齡
ape	〔ep〕	n.	人猿
blame	〔blem〕	vt.	責怪
blaze	〔blez〕	n.	火焰
brake	〔brek〕	n.	煞車
brave	〔brev〕	adj.	勇敢的
case	〔kes〕	n.	案例
chase	〔tʃes〕	vt.	追趕
date	〔det〕	n.	日期
Dave	〔dev〕	pron.	男子名
face	〔fes〕	n.	臉
fade	〔fed〕	vi.	枯萎,凋謝

❶ 括弧中的數字,代表此一規則中例外情形之單字數目。

單　字	發　音	詞　性	詞　意
grade	〔gred〕	n.	等級
grape	〔grep〕	n.	葡萄
lame	〔lem〕	adj.	跛腳的
late	〔let〕	adj.	遲到
make	〔mek〕	vt.	做
male	〔mel〕	adj.	男性的
name	〔nem〕	n.	名字
page	〔pedʒ〕	n.	(書的)頁數
pale	〔pel〕	adj.	蒼白的
place	〔ples〕	n.	地方
plane	〔plen〕	n.	飛機
safe	〔sef〕	adj.	安全的
shake	〔ʃek〕	vt.	搖動
shave	〔ʃev〕	vi.	刮鬍子
space	〔spes〕	n.	空間；太空
state	〔stet〕	n.	國家；狀況
shape	〔ʃep〕	n.	形狀
skate	〔sket〕	vi.	溜冰
slave	〔slev〕	n.	奴隸
snake	〔snek〕	n.	蛇

Phonics

單　字	發　音	詞　性	詞　意
take	〔tek〕	vt.	拿，取
tale	〔tel〕	n.	故事，傳說
tame	〔tem〕	adj.	馴服的
tape	〔tep〕	n.	膠帶
trade	〔tred〕	n.	貿易
whale	〔hwel〕	n.	鯨魚
* ❷　awe	〔ɔ〕	n.	敬畏
* 　axe	〔æks〕	n.	斧頭
* 　have	〔hæv〕	vt.	有

2. **ai＋非 r 的子音字母時，ai 讀〔e〕 (2)**

單　字	發　音	詞　性	詞　彙
aid	〔ed〕	n.	幫助
bail	〔bel〕	n.	保釋；保釋金
bait	〔bet〕	n.	誘餌
chain	〔tʃen〕	n.	鏈子
fail	〔fel〕	vi.	失敗
gain	〔gen〕	vt.	獲得

❷ ＊表示該單字為例外字。

單　字	發　音	詞　性	詞　彙
grain	〔gren〕	n.	穀物
jail	〔dʒel〕	n.	監獄
laid	〔led〕	vt.	放下(lay〔le〕的過去式和過去分詞)
maid	〔med〕	n.	少女；女僕
mail	〔mel〕	n.	郵件
main	〔men〕	adj.	主要的
nail	〔nel〕	n.	釘子；指甲
slain	〔slen〕	vt.	殺死；殺害(slay〔sle〕的過去式和過去分詞)
tail	〔tel〕	n.	尾巴
wail	〔wel〕	vi.	慟哭，嚎啕大哭
wait	〔wet〕	vi.	等待
＊　plaid	〔plæd〕	n.	有花格子的布
＊　said	〔sɛd〕	vt.	說(say〔se〕的過去式和過去分詞)

3. ay ＋ φ [3] 時，ay 讀〔e〕

單　字	發　音	詞　性	詞　意
bay	〔be〕	n.	海灣
clay	〔kle〕	n.	黏土
day	〔de〕	n.	(一)天
lay	〔le〕	vt.	放下
may	〔me〕	aux.	可能
pay	〔pe〕	vt.	付款
play	〔ple〕	vi.	玩耍
pray	〔pre〕	vi.	祈禱
ray	〔re〕	n.	光線
say	〔se〕	vt.	說話
slay	〔sle〕	vt.	殺死；殺害
spray	〔spre〕	vt.	噴灑
stay	〔ste〕	vi.	停留
way	〔we〕	n.	道路

[3] φ 表示不加任何字母。

Phonics

4. a＋ste 時，a 讀〔e〕 (1)

單 字	發 音	詞 性	詞 意
chaste	〔tʃest〕	adj.	貞潔的
haste	〔hest〕	n.	倉促
paste	〔pest〕	n.	漿糊
taste	〔test〕	vt.	嚐
waste	〔west〕	n.	浪費
＊ caste	〔kæst〕	n.	(印度)種姓階級

5. a＋gue時，a 讀〔e〕，此時 ue 不讀音

單 字	發 音	詞 性	詞 意
Hague	〔heg〕	n.	海牙(荷蘭的一個城市，國際法庭所在地)
plague	〔pleg〕	n.	瘟疫
vague	〔veg〕	adj.	模糊的

補充說明 ▷ 字尾是 gue 時，ue 不讀音的情形，還出現在以下四個單字中

單 字	發 音	詞 性	詞 意
league	〔lig〕	n.	同盟
rogue	〔rog〕	n.	惡棍

單　字	發　音	詞　性	詞　意
tongue	〔tʌŋ〕	n.	舌頭
vogue	〔vog〕	n.	時髦

另外，字尾是 que 時，ue 也不讀音，如：

單　字	發　音	詞　性	詞　意
mosque	〔mɑsk〕	n.	回教的清眞寺
pique	〔pik〕	n.	嘔氣
plaque	〔plæk〕	n.	匾

二 讀〔ε〕：有兩個讀音規則

1. a＋r＋e 時，a 讀〔ε〕(1)

單　字	發　音	詞　性	詞　意
bare	〔bɛr〕	adj.	赤裸的
care	〔kɛr〕	n.	照顧
dare	〔dɛr〕	vt.	膽敢
fare	〔fɛr〕	n.	車、船費
flare	〔flɛr〕	vi.	閃光
glare	〔glɛr〕	vi.	怒視
hare	〔hɛr〕	n.	野兔

單　字	發　音	詞　性	詞　意
mare	〔mɛr〕	n.	母馬
rare	〔rɛr〕	adj.	稀少的
scare	〔skɛr〕	vt.	使驚嚇
share	〔ʃɛr〕	vt.	分享
snare	〔snɛr〕	n.	陷阱
spare	〔spɛr〕	adj.	多餘的，剩下的
stare	〔stɛr〕	vi.	凝視
ware	〔wɛr〕	n.	器具
＊　are	〔ɑr〕		be動詞的現在式中的一種

2. ai＋r 時，ai 讀〔ɛ〕

單　字	發　音	詞　性	詞　意
air	〔ɛr〕	n.	空氣
chair	〔tʃɛr〕	n.	椅子
fair	〔fɛr〕	adj.	公平的
flair	〔flɛr〕	n.	第六感(天資、特殊的才能)
hair	〔hɛr〕	n.	頭髮
lair	〔lɛr〕	n.	獸穴
pair	〔pɛr〕	n.	(一)雙、(一)對
stair	〔stɛr〕	n.	(階梯的)(一)級

Phonics

 附加說明 　當 a, e, i, o, 或 u＋子音字母＋e 時，e 都不讀音。但 e 的出現，影響到或決定了前面之母音字母的讀音。若此時的子音字母換成 r 時，則 r 之前 a, e, o, 或 u 的讀音，也會跟原來的不同(但是，此時 i 的讀音並未改變)。此一有趣現象，也出現在 ai, ea, ee, ie, 或 oa＋子音字母時；此時，這些母音字母的讀音，會隨著後面的子音字母是 r 還是非 r 而改變(這一部份請參見相關的讀音規則)。此外，在所有其他單音節單字的組成字母結構中，只要字尾是子音字母＋e 的情形，e 都不讀音，如：force, serve, sponge... 等中的 e。

三 讀〔ɔ〕：有六個讀音規則

1. a＋lk 時，a 讀〔ɔ〕(此時 l 不讀音)

單 字	發 音	詞 性	詞 意
balk	〔bɔk〕	vt.	阻礙
stalk	〔stɔk〕	n.	莖，梗
talk	〔tɔk〕	vi.	聊天
walk	〔wɔk〕	vi.	走路

2. a＋ll 或 lt(z) 時，a 讀〔ɔ〕(1, 0)

(一) a＋ll

單　字	發　音	詞　性	詞　意
all	〔ɔl〕	adj.	全部的
ball	〔bɔl〕	n.	球
call	〔kɔl〕	vt.	打電話給
fall	〔fɔl〕	n.	秋天
gall	〔gɔl〕	n.	膽汁；苦的東西
hall	〔hɔl〕	n.	會堂，大廳
mall	〔mɔl〕	n.	大型購物中心
small	〔smɔl〕	adj.	小的
stall	〔stɔl〕	n.	攤位
tall	〔tɔl〕	adj.	高的
wall	〔wɔl〕	n.	牆
＊　shall	〔ʃæl〕	aux.	將，會(用於第一人稱)

(二) a＋lt(z)

單　字	發　音	詞　性	詞　意
halt	〔hɔlt〕	vi.	停止行進
malt	〔mɔlt〕	n.	麥芽

單　字	發　音	詞　性	詞　意
salt	〔sɔlt〕	n.	鹽
waltz	〔wɔltz〕	n.	華爾滋舞

3. aw＋φ 或子音字母時，aw 讀〔ɔ〕

（一）aw＋φ

單　字	發　音	詞　性	詞　意
claw	〔klɔ〕	n.	(動物的)爪
draw	〔drɔ〕	vt.	描、畫
flaw	〔flɔ〕	n.	瑕疵
gnaw	〔nɔ〕	vt.	咬(斷)
jaw	〔dʒɔ〕	n.	下巴
law	〔lɔ〕	n.	法律
paw	〔pɔ〕	n.	(貓狗等有爪的)腳
raw	〔rɔ〕	adj.	生的
saw	〔sɔ〕	vt.	看見(see〔si〕的過去式)
straw	〔strɔ〕	n.	稻草
thaw	〔θɔ〕	vi.	(冰、雪)融化

(二) aw＋子音字母

單　字	發　音	詞　性	詞　　意
brawn	〔brɔn〕	n.	腕力
crawl	〔krɔl〕	v.	爬行
dawn	〔dɔn〕	n.	黎明
drawn	〔drɔn〕	vt.	畫(draw〔drɔ〕的過去分詞)
fawn	〔fɔn〕	n.	小鹿
gawk	〔gɔk〕	n.	笨蛋
hawk	〔hɔk〕	n.	鷹，隼
lawn	〔lɔn〕	n.	草地
pawn	〔pɔn〕	vt.	典當
prawn	〔prɔn〕	n.	明蝦
sawn	〔sɔn〕	vt.	鋸(saw〔sɔ〕的過去分詞)
shawl	〔ʃɔl〕	n.	長形圍巾
sprawl	〔sprɔl〕	vi.	仰臥
trawl	〔trɔl〕	n.	漁網

4. au＋子音字母(＋子音字母)時，au 讀〔ɔ〕 (3)

單 字	發 音	詞 性	詞 意
caught	〔kɔt〕	vt.	抓住(catch〔kætʃ〕的過去式和過去分詞)
fault	〔fɔlt〕	n.	過失
fraud	〔frɔd〕	n.	欺騙
gaud	〔gɔd〕	n.	俗麗的裝飾
gaunt	〔gɔnt〕	adj.	憔悴的
haul	〔hɔl〕	vt.	拖；用力拉
haunt	〔hɔnt〕	vt.	糾纏
jaunt	〔dʒɔnt〕	n.	遠足，徒步旅遊
laud	〔lɔd〕	vt.	讚美
launch	〔lɔntʃ〕	vt.	發射
maul	〔mɔl〕	vt.	虐打
taught	〔tɔt〕	vt.	教導(teach〔titʃ〕的過去式和過去分詞)
taunt	〔tɔnt〕	vt.	痛斥
vault	〔vɔlt〕	n.	拱形圓屋頂
＊ aunt	〔ænt〕	n.	姑媽
＊ laugh	〔læf〕	vi.	笑
＊ staunch	〔stɑntʃ〕	adj.	堅固的(=stanch)

5. au＋子音字母＋e 時，au 讀〔ɔ〕(1)

單　字	發　音	詞　性	詞　意
cause	〔kɔz〕	n.	原因
clause	〔klɔz〕	n.	條款
gauze	〔gɔz〕	n.	(醫療用)紗布
pause	〔pɔz〕	n.	停頓
sauce	〔sɔs〕	n.	醬汁
＊　gauge	〔gedʒ〕	vt.	評估

6. w＋a＋r (＋子音字母)時，a 讀〔ɔ〕

單　字	發　音	詞　性	詞　意
dwarf	〔dwɔrf〕	n.	侏儒
swarm	〔swɔrm〕	n.	蜂群
war	〔wɔr〕	n.	戰爭
ward	〔wɔrd〕	n.	牢房
warm	〔wɔrm〕	adj.	溫暖
warn	〔wɔrn〕	vt.	警告
warp	〔wɔrp〕	vi.	彎曲

四 讀〔a〕：有五個讀音規則

1. (非 w 的子音字母)＋a＋r (＋子音字母)時，a 讀〔a〕

單 字	發 音	詞 性	詞 意
arch	〔artʃ〕	n.	弓狀物
arm	〔arm〕	n.	手臂
bar	〔bar〕	n.	酒吧
bark	〔bark〕	vi.	狗吠
barn	〔barn〕	n.	穀倉
carp	〔karp〕	n.	鯉魚
cart	〔kart〕	n.	手推車
charm	〔tʃarm〕	n.	魅力
chart	〔tʃart〕	n.	航線圖
dark	〔dark〕	adj.	深色的；陰暗的
darn	〔darn〕	adj.	(口語)該死的
dart	〔dart〕	n.	標槍
farm	〔farm〕	n.	農場
fart	〔fart〕	n.	屁
hard	〔hard〕	adj.	硬的；困難的
march	〔martʃ〕	n.	行軍
mark	〔mark〕	n.	記號

Phonics

單　字	發　音	詞　性	詞　意
mart	〔mart〕	n.	市場；商業中心
par	〔par〕	n.	平均；(高爾夫球中的)標準杆數
park	〔park〕	n.	公園
part	〔part〕	n.	一部份；零件
scar	〔skar〕	n.	疤
scarf	〔skarf〕	n.	圍巾
shark	〔ʃark〕	n.	鯊魚
sharp	〔ʃarp〕	adj.	尖的；敏銳的
smart	〔smart〕	adj.	精明的
snarl	〔snarl〕	vi.	咆哮
tart	〔tart〕	adj.	酸的
yard	〔jard〕	n.	一碼(=3 英尺)

2. a＋r＋子音字母＋e 時，a 讀〔a〕(1)

單　字	發　音	詞　性	詞　意
barge	〔bardʒ〕	n.	舢板
carve	〔karv〕	vt.	切開
charge	〔tʃardʒ〕	vt.	索價、收費
farce	〔fars〕	n.	鬧劇

單　字	發　音	詞　性	詞　意
large	〔lɑrdʒ〕	adj.	大的
starve	〔stɑrv〕	vi.	挨餓
＊ scarce	〔skɛrs〕	adj.	稀有的

3. a＋lm(s)時，a 讀〔ɑ〕(此時 l 不讀音)

單　字	發　音	詞　性	詞　意
alms	〔ɑmz〕	n.	救濟金
balm	〔bɑm〕	n.	香油
calm	〔kɑm〕	adj.	平靜的
palm	〔pɑm〕	n.	手掌
psalm	〔sɑm〕	n.	讚美詩

4. w＋a＋非 l, r, 或 y 的子音字母(＋子音字母)時，a 讀〔ɑ〕 (4)

單　字	發　音	詞　性	詞　意
swamp	〔swɑmp〕	n.	沼澤
swan	〔swɑn〕	n.	天鵝
swap	〔swɑp〕	vt.	交換
wad	〔wɑd〕	n.	紙團

Phonics

單　字	發　音	詞　性	詞　意
wand	〔wɑnd〕	n.	棍；魔杖
want	〔wɑnt〕	vt.	想要
was	〔wɑz〕		be 動詞兩種過去式中的一種
wash	〔wɑʃ〕	vt.	洗，洗滌
wasp	〔wɑsp〕	n.	黃蜂
watch	〔wɑtʃ〕	n.	手錶
＊ swag	〔swæg〕	vi.	搖擺
＊ swank	〔swæŋk〕	n.	吹牛
＊ wag	〔wæg〕	vt.	搖擺(尾巴等)
＊ wax	〔wæks〕	n.	蠟

Phonics

5. squ＋a＋非 ll, re, 或 wk 時，a 讀〔ɑ〕

單　字	發　音	詞　性	詞　意
squab ❹	〔skwɑb〕	adj.	矮胖的
squad	〔skwɑd〕	n.	(軍、警)小隊
squash	〔skwɑʃ〕	vt.	壓扁
squat	〔skwɑt〕	vi.	蹲下

補充說明 squa＋非 ll, re 或 wk 時，a 或 aw 有不同的讀音，但符合相關的讀音規則。

單　字	發　音	詞　性	詞　意
squall	〔skwɔl〕	n.	大聲尖叫
square	〔skwɛr〕	n.	正方形
squawk	〔skwɔk〕	n.	(鳥類等的)嘎嘎叫

---

❹ 這個讀音規則很特別，因為單字中的第一個母音字母雖是 u，但讀母音的，卻是 u 之後的 a。其原因是，根據 u 的讀音規則，單字的第一個母音字母是 u，而 u 之前的子音字母是 q，同時 u 之後為母音字母時，u 讀子音〔w〕。故此時，u 在功能上已和子音字母 w 相同。同理，當 qu＋e, i, 或 o 時，u 也讀子音〔w〕，讀母音的是其後的母音字母 e, i, 或 o。這一部份，本書在介紹 u 的讀音和讀音規則時，有詳細的說明和更多的實例。

五 讀〔æ〕：有兩個讀音規則

1. a＋nce 時，a 讀〔æ〕

單　字	發　音	詞　性	詞　意
chance	〔tʃæns〕	n.	機會
dance	〔dæns〕	n.	舞蹈
France	〔fræns〕	n.	法國
glance	〔glæns〕	n.	一瞥
lance	〔læns〕	n.	刺魚的矛
stance	〔stæns〕	n.	立場
trance	〔træns〕	n.	恍惚

2. (非 w 的子音字母)＋a＋非 l, r, w 或 y 的子音字母 (＋子音字母)時，a 讀〔æ〕 (1)

單　字	發　音	詞　性	詞　意
act	〔ækt〕	n.	行為
ass	〔æs〕	n.	驢
bad	〔bæd〕	adj.	壞的
ban	〔bæn〕	vt.	禁止
band	〔bænd〕	n.	樂團

單　字	發　音	詞　性	詞　意
bank	〔bæŋk〕	n.	銀行
black	〔blæk〕	n.	黑色
blank	〔blæŋk〕	adj.	空白的
blast	〔blæst〕	vt.	爆破
branch	〔bræntʃ〕	n.	分店
brand	〔brænd〕	n.	品牌
brat	〔bræt〕	n.	(臭)小子
catch	〔kætʃ〕	vt.	抓住
chat	〔tʃæt〕	vi.	聊天
clan	〔klæn〕	n.	氏族；部落
crash	〔kræʃ〕	vi.	破碎，破產
dad	〔dæd〕	n.	爸爸
damn	〔dæm〕	vi.	咒罵
damp	〔dæmp〕	adj.	潮濕的
dash	〔dæʃ〕	vt.	猛撞
fan	〔fæn〕	n.	扇子
fast	〔fæst〕	adj.	快速的
fat	〔fæt〕	adj.	胖的
flash	〔flæʃ〕	vi.	發出閃光
flat	〔flæt〕	adj.	平坦的

Phonics

單 字	發 音	詞 性	詞 意
frank	〔fræŋk〕	adj.	率直的
gang	〔gæŋ〕	n.	幫派
gap	〔gæp〕	n.	缺口
glad	〔glæd〕	adj.	高興的
glass	〔glæs〕	n.	玻璃
grant	〔grænt〕	vt.	允許
hand	〔hænd〕	n.	手
hat	〔hæt〕	n.	(有邊的)帽子
hatch	〔hætʃ〕	vt.	孵化
jam	〔dʒæm〕	vt.	塞住；使擠滿
jazz	〔dʒæz〕	n.	爵士樂
lack	〔læk〕	vt.	缺少
lag	〔læg〕	vi.	落後
lamp	〔læmp〕	n.	(桌、路)燈
land	〔lænd〕	n.	陸地
last	〔læst〕	adj.	最後的
mad	〔mæd〕	adj.	發瘋的
map	〔mæp〕	n.	地圖
mask	〔mæsk〕	n.	面具
mass	〔mæs〕	n.	(一般)大眾

單　字	發　音	詞　性	詞　意
match	〔mætʃ〕	n.	比賽；對手
nag	〔næg〕	vi.	嘮叨
nap	〔næp〕	n.	打盹兒，午睡
pack	〔pæk〕	n.	包裹；(一)盒
pad	〔pæd〕	n.	活頁的帳簿；便箋
pal	〔pæl〕	n.	好朋友
past	〔pæst〕	adj.	過去的
rag	〔ræg〕	n.	破布；抹布
rash	〔ræʃ〕	adj.	鹵莽的
sag	〔sæg〕	vi.	(臉部等)下垂
scan	〔skæn〕	vt.	掃描
scratch	〔skrætʃ〕	vt.	抓傷、搔癢
slang	〔slæŋ〕	n.	俚語
snack	〔snæk〕	n.	點心
stamp	〔stæmp〕	n.	郵票
tag	〔tæg〕	n.	標籤，牌子
task	〔tæsk〕	n.	任務；工作
tramp	〔træmp〕	n.	流浪漢
trap	〔træp〕	n.	陷阱
trash	〔træʃ〕	n.	垃圾

單　字	發　音	詞　性	詞　意
vast	〔væst〕	adj.	廣闊的；大量的
wrap	〔ræp〕	vt.	包起來
＊ bass	〔bes〕	n.	低音(歌手、樂器)

● a 的母音字母(組合)，其讀音無規則可循的個別例子

單　字	發　音	詞　性	詞　意
a	〔ə〕	art.	一個
ache	〔ek〕	n.	疼痛
aisle	〔aɪl〕	n.	走道
badge	〔bædʒ〕	n.	徽章
bald	〔bɔld〕	adj.	禿頭的
bathe	〔beð〕	vi.	沐浴
bra	〔brɑ〕	n.	胸罩
calf	〔kæf〕	n.	小牛
change	〔tʃendʒ〕	n.	改變
false	〔fɔls〕	adj.	錯誤的
half	〔hæf〕	n.	一半
halve	〔hæv〕	vt.	減半
range	〔rendʒ〕	n.	範圍

Phonics

單　字	發　音	詞　性	詞　　意
says	〔sɛz〕	vt.	say〔se〕的第三人稱單數現在式
stanch	〔stantʃ〕	adj.	堅固的(=staunch)
what	〔hwɑt〕	pron.	什麼
yacht	〔jɑt〕	n.	遊艇

▢ 補充說明　這個小單元中的 ache 和 bathe，其實都屬於 a＋子音字母＋e 時，a 讀〔e〕的例證。根據本書所下的定義，在自然發音法中的子音字母組合 ch 和 th，都算是一個子音字母(請參見本書第二部份的說明)。這兩個單字，被刻意放在這個小單元裏，爲的是讓學生，能一氣呵成地先讀完第一部份的第一大單元，然後再去查看這方面的說明；如此，也可讓他們在一開始讀到本書的第一個讀音規則時，避開學習上的停頓。

貳、e 的母音字母(組合)有〔i〕,〔ɪ〕,〔e〕,〔ɝ〕,
　　〔u〕,〔ju〕, 和〔ɛ〕七種讀音,每種讀音有一至
　　七個讀音規則

● 讀〔i〕:有七個讀音規則

　　1. e＋φ 時,e 讀〔i〕(1)

單　字	發　音	詞　性	詞　意
be	〔bi〕	vi.	is, am, are的原形
he	〔hi〕	pron.	他
me	〔mi〕	pron.	我(受格)
she	〔ʃi〕	pron.	她
the	〔ði〕		定冠詞(在母音開頭的單字前,讀此音)
we	〔wi〕	pron.	我們
＊ the	〔ðə〕		定冠詞(在子音開頭的單字前,讀此音)

2. e＋非 r 的子音字母＋e 時，e 讀〔i〕 (2)

單　字	發　音	詞　性	詞　意
cede	〔sid〕	vt.	割讓
eke	〔ik〕	vi.	勉強維持
eve	〔iv〕	n.	前夕
gene	〔dʒin〕	n.	基因
mete	〔mit〕	vt.	給予
scene	〔sin〕	n.	現場
scheme	〔skim〕	n.	陰謀
Swede	〔swid〕	n.	瑞典人
theme	〔θim〕	n.	主題
these	〔ðiz〕	pron.	這些
＊ eye	〔aɪ〕	n.	眼睛
＊ ewe	〔ju〕	n.	母羊

3. ee＋φ 時，ee 讀〔i〕

單　字	發　音	詞　性	詞　意
bee	〔bi〕	n.	蜜蜂
fee	〔fi〕	n.	費用
flee	〔fli〕	vi.	逃走
free	〔fri〕	adj.	自由的
glee	〔gli〕	n.	喜悅
knee	〔ni〕	n.	膝蓋
pee	〔pi〕	vi.	撒尿
see	〔si〕	vt.	看見
three	〔θri〕	n.	三
tree	〔tri〕	n.	樹

4. ee＋非 r 的子音字母時，ee 讀〔i〕(1)

單　字	發　音	詞　性	詞　意
beef	〔bif〕	n.	牛肉
bleed	〔blid〕	vi.	流血
breed	〔brid〕	vt.	使繁殖；生產
cheek	〔tʃik〕	n.	臉頰
creep	〔krip〕	vi.	躡手躡腳地走

Phonics

單　字	發　音	詞　性	詞　意
deed	〔did〕	n.	功績；行爲
deep	〔dip〕	adj.	深的
eel	〔il〕	n.	鰻魚
feel	〔fil〕	vi.	覺得
feet	〔fit〕	n.	腳(foot〔fʊt〕的複數)
Greek	〔grik〕	n.	希臘人
green	〔grin〕	adj.	綠的
greet	〔grit〕	vt.	問候
heel	〔hil〕	n.	腳後跟；鞋後跟
jeep	〔dʒip〕	n.	吉普車
keen	〔kin〕	adj.	熱衷的
keep	〔kip〕	vt.	持有；保留
kneel	〔nil〕	vi.	跪下
meek	〔mik〕	adj.	柔順的
meet	〔mit〕	vt.	遇見；認識
need	〔nid〕	vt.	需要
peek	〔pik〕	vi.	偷看，窺視
peel	〔pil〕	vt.	削皮
peep	〔pip〕	vt.	(從洞孔中)偷看
queen	〔kwin〕	n.	女王；王后

單　字	發　音	詞　性	詞　意
reed	〔rid〕	n.	蘆葦
screen	〔skrin〕	n.	螢幕
seed	〔sid〕	n.	種子
seek	〔sik〕	vt.	尋求
seem	〔sim〕	vi.	似乎
seen	〔sin〕	vt.	看見(see〔si〕的過去分詞)
sheep	〔ʃip〕	n.	綿羊
sheet	〔ʃit〕	n.	床單
sleep	〔slip〕	vt.	睡覺
speed	〔spid〕	n.	速度
steel	〔stil〕	n.	鋼
street	〔strit〕	n.	街道
sweet	〔swit〕	adj.	甜的
teen	〔tin〕	n.	青少年
weed	〔wid〕	n.	雜草
week	〔wik〕	n.	(一)星期
weep	〔wip〕	vi.	哭泣
wheel	〔hwil〕	n.	輪子
＊ been	〔bɪn〕		be動詞的過去分詞

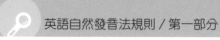

5. ee＋子音字母＋e 時，ee 讀〔i〕

單　字	發　音	詞　性	詞　意
breeze	〔briz〕	n.	微風
cheese	〔tʃiz〕	n.	乳酪
fleece	〔flis〕	n.	羊毛
freeze	〔friz〕	vi.	凍結
sleeve	〔sliv〕	n.	袖子
sneeze	〔sniz〕	vi.	打噴嚏
squeeze	〔skwiz〕	vt.	榨、擠；緊握

6. ea＋子音字母＋e 時，ea 讀〔i〕

單　字	發　音	詞　性	詞　意
breathe	〔brið〕	vi.	呼吸
cease	〔siz〕	vt.	停止
ease	〔iz〕	n.	安心
eave	〔iv〕	n.	屋簷
grease	〔gris〕	n.	油脂
leave	〔liv〕	vt.	離開
peace	〔pis〕	n.	和平
please	〔pliz〕	vt.	請
weave	〔wiv〕	vt.	織

7. ea＋φ, ch, k, l, m, n, p, st, 或 t 時，ea 讀〔i〕
(1,0,2,0,0,0,0,1,3)

(一) ea＋φ

單　字	發　音	詞　性	詞　意
flea	〔fli〕	n.	跳蚤
pea	〔pi〕	n.	豌豆
plea	〔pli〕	n.	請求
sea	〔si〕	n.	海
tea	〔ti〕	n.	茶
＊　yea	〔je〕	adj.	是的

(二) ea＋ch

單　字	發　音	詞　性	詞　意
beach	〔bitʃ〕	n.	海灘
bleach	〔blitʃ〕	vt.	使漂白
each	〔itʃ〕	adj.	每一個
peach	〔pitʃ〕	n.	桃子
preach	〔pritʃ〕	vt.	宣揚
teach	〔titʃ〕	vt.	教導

(三) ea＋k

單　字	發　音	詞　性	詞　意
beak	〔bik〕	n.	鳥的嘴巴
bleak	〔blik〕	adj.	荒涼的
freak	〔frik〕	n.	怪人
leak	〔lik〕	vi.	漏出來
peak	〔pik〕	n.	頂端
speak	〔spik〕	vt.	說話
streak	〔strik〕	n.	條紋
teak	〔tik〕	n.	柚木
weak	〔wik〕	adj.	虛弱的
＊ break	〔brek〕	vt.	破壞
＊ steak	〔stek〕	n.	牛排

(四) ea＋l

單　字	發　音	詞　性	詞　意
deal	〔dil〕	vi.	處理
heal	〔hil〕	vt.	治癒
meal	〔mil〕	n.	一頓飯
real	〔ril〕	adj.	眞實的
seal	〔sil〕	n.	印章
steal	〔stil〕	vt.	偷

(五) ea＋m

單　字	發　音	詞　性	詞　意
beam	〔bim〕	n.	光線
cream	〔krim〕	n.	奶油
dream	〔drim〕	n.	夢想
gleam	〔glim〕	n.	閃光；微光
scream	〔skrim〕	vi.	尖叫
steam	〔stim〕	n.	蒸氣
stream	〔strim〕	n.	小溪
team	〔tim〕	n.	隊伍

(六) ea＋n

單　字	發　音	詞　性	詞　意
bean	〔bin〕	n.	豆子
dean	〔din〕	n.	(大學各學院的)院長
jean	〔dʒin〕	n.	牛仔布(jeans牛仔褲)
lean	〔lin〕	adj.	瘦的
mean	〔min〕	vt.	意味著
wean	〔win〕	vi.	斷奶

Phonics

(七) ea＋p

單　字	發　音	詞　性	詞　意
cheap	〔tʃip〕	adj.	便宜的
heap	〔hip〕	n.	一堆
leap	〔lip〕	vi.	跳
reap	〔rip〕	vt.	收割

(八) ea＋st

單　字	發　音	詞　性	詞　意
beast	〔bist〕	n.	野獸
east	〔ist〕	n.	東邊
feast	〔fist〕	n.	宴會
least	〔list〕	n.	至少
yeast	〔jist〕	n.	酵母
＊　breast	〔brɛst〕	n.	胸部，乳房

(九) ea＋t

單　字	發　音	詞　性	詞　意
beat	〔bit〕	vt.	打
cheat	〔tʃit〕	vt.	欺騙
eat	〔it〕	vt.	吃

單　字	發　音	詞　性	詞　意
feat	〔fit〕	n.	功績；英勇事跡
heat	〔hit〕	n.	熱
meat	〔mit〕	n.	肉
neat	〔nit〕	adj.	整潔的
seat	〔sit〕	n.	座位
＊ great	〔gret〕	adj.	偉大的
＊ sweat	〔swɛt〕	n.	汗
＊ threat	〔θrɛt〕	n.	威脅

二 讀〔ɪ〕：有兩個讀音規則

1. | ee＋r 時，ee 讀〔ɪ〕 |

單　字	發　音	詞　性	詞　意
beer	〔bɪr〕	n.	啤酒
cheer	〔tʃɪr〕	n.	歡呼
deer	〔dɪr〕	n.	鹿
jeer	〔dʒɪr〕	vi.	嘲笑
peer	〔pɪr〕	n.	同儕
queer	〔kwɪr〕	adj.	奇怪的
sheer	〔ʃɪr〕	adj.	全然的

Phonics

單 字	發 音	詞 性	詞 意
sneer	〔snɪr〕	vi.	冷笑
steer	〔stɪr〕	vt.	駕駛
veer	〔vɪr〕	vi.	(風)改變方向

2. ea＋r 時，ea 讀〔ɪ〕 (5)

單 字	發 音	詞 性	詞 意
clear	〔klɪr〕	adj.	清楚的
dear	〔dɪr〕	adj.	親愛的
ear	〔ɪr〕	n.	耳朵
fear	〔fɪr〕	vt.	害怕
hear	〔hɪr〕	vt.	聽到
near	〔nɪr〕	adv.	接近
rear	〔rɪr〕	n.	後面；背面
shear	〔ʃɪr〕	vt.	剪(羊毛、頭髮等)
smear	〔smɪr〕	vt.	塗抹；誹謗
spear	〔spɪr〕	n.	矛；魚叉
tear	〔tɪr〕	n.	眼淚
year	〔jɪr〕	n.	年分
＊ bear	〔bɛr〕	n.	熊

單　字	發　音	詞　性	詞　意
＊ pear	〔pɛr〕	n.	梨
＊ swear	〔swɛr〕	vt.	發誓
＊ tear	〔tɛr〕	vt.	撕裂
＊ wear	〔wɛr〕	vt.	穿、戴

三 讀〔e〕：有兩個讀音規則

1. ey ＋φ 時，ey 讀〔e〕 (1)

單　字	發　音	詞　性	詞　意
grey	〔gre〕	adj.	灰色的(=gray)
hey	〔he〕	int.	喂！
prey	〔pre〕	n.	戰利品
they	〔ðe〕	pron.	他們
＊ key	〔ki〕	n.	鑰匙

2. ei ＋非 r 的子音字母(＋子音字母)時，ei 讀〔e〕 (5)

單　字	發　音	詞　性	詞　意
eight	〔et〕	n.	八
feign	〔fen〕	vt.	假裝

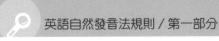

單 字	發 音	詞 性	詞 意
feint	〔fent〕	n.	假裝
freight	〔fret〕	n.	船貨
reign	〔ren〕	vi.	統治
rein	〔ren〕	n.	控制
veil	〔vel〕	n.	面紗
vein	〔ven〕	n.	血管；靜脈
weight	〔wet〕	n.	重量
*　ceil	〔sil〕	vt.	裝天花板
*　height	〔haɪt〕	n.	高度
*　seize	〔siz〕	vt.	抓住
*　sheik	〔ʃik〕	n.	(阿拉伯人的)酋長
*　stein	〔staɪn〕	n.	啤酒杯

四 讀〔ɝ〕：有兩個讀音規則

1. er＋子音字母(＋e)時，er 讀〔ɝ〕 (1)

單 字	發 音	詞 性	詞 意
clerk	〔klɝk〕	n.	店員
fern	〔fɝn〕	n.	蕨類
germ	〔dʒɝm〕	n.	細菌

單　字	發　音	詞　性	詞　意
herd	〔hɝd〕	n.	(牛馬等)獸群
jerk	〔dʒɝk〕	n.	混蛋
merge	〔mɝdʒ〕	vt.	合併
nerve	〔nɝv〕	n.	神經
perch	〔pɝtʃ〕	vi.	(鳥)棲息
perm	〔pɝm〕	vt.	燙髮
serve	〔sɝv〕	vt.	服務
sperm	〔spɝm〕	n.	精子
stern	〔stɝn〕	adj.	嚴肅的
term	〔tɝm〕	n.	條件
terse	〔tɝs〕	adj.	簡潔的
verb	〔vɝb〕	n.	動詞
verge	〔vɝdʒ〕	n.	邊緣
verse	〔vɝs〕	n.	(文章中的)一節
*　per	〔pɚ〕	adj.	每一個

2. ear＋子音字母時，ear 讀〔ɝ〕 (3)

單　字	發　音	詞　性	詞　意
earn	〔ɝn〕	vt.	賺(錢)
earth	〔ɝθ〕	n.	地球

單　字	發　音	詞　性	詞　　意
heard	〔hɝd〕	vt.	聽到(hear〔hɪr〕的過去式和過去分詞)
learn	〔lɝn〕	vt.	學習
pearl	〔pɝl〕	n.	珍珠
search	〔sɝtʃ〕	vt.	搜尋
yearn	〔jɝn〕	vi.	渴望
＊ beard	〔bɪrd〕	n.	山羊鬍
＊ heart	〔hɑrt〕	n.	心
＊ hearth	〔hɑrθ〕	n.	爐床

五 讀〔u〕：有一個讀音規則

l 或 r＋ew 時，ew 讀〔u〕

單　字	發　音	詞　性	詞　　意
blew	〔blu〕	vi.	吹(blow〔blo〕的過去式)
brew	〔bru〕	vt.	釀造；用...釀造
crew	〔kru〕	n.	全體船員
flew	〔flu〕	vi.	飛(fly〔flaɪ〕的過去式)
grew	〔gru〕	vi.	成長(grow〔gro〕的過去式)
shrew	〔ʃru〕	n.	悍婦

單　字	發　音	詞　性	詞　意
shrewd	〔ʃrud〕	adj.	機敏的
threw	〔θru〕	vt.	丟擲 (throw〔θro〕的過去式)

六 讀〔ju〕：有一個讀音規則

> 非 l 或 r 的子音字母＋ew 時，ew 讀〔ju〕 (2)

單　字	發　音	詞　性	詞　意
dew	〔dju〕	n.	露水
few	〔fju〕	adj.	很少的
hew	〔hju〕	vt.	(用斧頭)砍
knew	〔nju〕	vt.	知道(know〔no〕的過去式)
mew	〔mju〕	n.	喵(貓叫聲)
new	〔nju〕	adj.	新的
skew	〔skju〕	adj.	斜的
stew	〔stju〕	vt.	燉煮
＊ chew	〔tʃu〕	vi.	咀嚼
＊ sew	〔so〕	vt.	縫

七 讀〔ε〕：有三個讀音規則

1. ea＋l＋子音字母時，ea 讀〔ε〕

單　字	發　音	詞　性	詞　意
dealt	〔dɛlt〕	vi.	處理(deal〔dil〕的過去式和過去分詞)
health	〔hɛlθ〕	n.	健康
realm	〔rɛlm〕	n.	領域
stealth	〔stɛlθ〕	n.	祕密行動
wealth	〔wɛlθ〕	n.	財富

2. e＋非 r 的子音字母＋子音字母＋e 時，e 讀〔ε〕

單　字	發　音	詞　性	詞　意
delve	〔dɛlv〕	vt.	探究；鑽研
dense	〔dɛns〕	adj.	稠密的
edge	〔ɛdʒ〕	n.	邊緣
fence	〔fɛns〕	n.	籬笆
hence	〔hɛns〕	adv.	因此
pledge	〔plɛdʒ〕	n.	誓言
sense	〔sɛns〕	n.	感覺

單　字	發　音	詞　性	詞　意
shelve	〔ʃɛlv〕	vt.	放在架上
sledge	〔slɛdʒ〕	n.	雪橇
tense	〔tɛns〕	adj.	緊張的
twelve	〔twɛlv〕	n.	十二

3. e＋非 r, w, 或 y 的子音字母(＋子音字母)(＋子音字母)時，e 讀〔ɛ〕

單　字	發　音	詞　性	詞　意
belt	〔bɛlt〕	n.	皮帶
bench	〔bɛntʃ〕	n.	長板凳
bet	〔bɛt〕	vt.	打賭
blend	〔blɛnd〕	vt.	混合
bless	〔blɛs〕	vt.	祝福
cent	〔sɛnt〕	n.	(一)分錢
check	〔tʃɛk〕	vt.	檢查
chef	〔ʃɛf〕	n.	廚師
chess	〔tʃɛs〕	n.	西洋棋
chest	〔tʃɛst〕	n.	胸膛；五斗櫃
desk	〔dɛsk〕	n.	書桌
dress	〔drɛs〕	vt.	穿衣服

Phonics

單　字	發　音	詞　性	詞　意
egg	〔ɛg〕	n.	蛋；卵子
flesh	〔flɛʃ〕	n.	人或動物的肉
fresh	〔frɛʃ〕	adj.	新鮮的
gem	〔dʒɛm〕	n.	寶石
hell	〔hɛl〕	n.	地獄
leg	〔lɛg〕	n.	小腿
melt	〔mɛlt〕	vt.	溶化
mend	〔mɛnd〕	vt.	修補
mess	〔mɛs〕	n.	一團糟
neck	〔nɛk〕	n.	脖子
nest	〔nɛst〕	n.	鳥巢
net	〔nɛt〕	n.	網子
next	〔nɛkst〕	adj.	下一個
pest	〔pɛst〕	n.	有害的人(或物)
pet	〔pɛt〕	n.	寵物
red	〔rɛd〕	adj.	紅色的
rest	〔rɛst〕	vt.	休息
scent	〔sɛnt〕	n.	香味
send	〔sɛnd〕	vt.	派遣；寄信
sex	〔sɛks〕	n.	性別
sketch	〔skɛtʃ〕	n.	素描

Phonics

單　字	發　音	詞　性	詞　意
smell	〔smɛl〕	vt.	聞
spell	〔spɛl〕	vt.	拼寫
spend	〔spɛnd〕	vt.	花費
step	〔stɛp〕	n.	步驟
strength	〔strɛŋ(k)θ〕	n.	力量
stress	〔strɛs〕	n.	壓力
swell	〔swɛl〕	vi.	膨脹
tell	〔tɛl〕	vt.	告訴
tempt	〔tɛmpt〕	vt.	引誘
tend	〔tɛnd〕	vi.	有...傾向
tent	〔tɛnt〕	n.	帳篷
test	〔tɛst〕	n.	小考
theft	〔θɛft〕	n.	竊盜罪
then	〔ðɛn〕	adv.	然後
trend	〔trɛnd〕	n.	趨勢
twelfth	〔twɛlfθ〕	adj.	第十二個的
vest	〔vɛst〕	n.	背心
web	〔wɛb〕	n.	蜘蛛網；網路
west	〔wɛst〕	n.	西方
wet	〔wɛt〕	adj.	濕的

單　字	發　音	詞　性	詞　　意
wreck	〔rɛk〕	n.	遇難的船
wrench	〔rɛntʃ〕	vt.	扭轉
yell	〔jɛl〕	vi.	大叫

兩個特例規則 ❺

> 1. e＋r＋e 時，e 在三個特定單字中讀〔ɛ〕，在另外三個特定單字中讀〔ɪ〕，在一個特定單字中 ere 讀〔ɝ〕

(一) 讀〔ɛ〕

單　字	發　音	詞　性	詞　　意
ere	〔ɛr〕	prep.	在...之前(=before)
there	〔ðɛr〕	adv.	那裏
where	〔hwɛr〕	adv.	哪裏

---

❺ 當一個母音字母加上某些字母後，該母音字母在一些(或一個)特定單字中讀某一種讀音，在另一些特定單字中讀另一種讀音，或又在其它一些特定單字中，有其它種的讀音時，本書即以特例規則來處理。

(二) 讀〔ɪ〕

單 字	發 音	詞 性	詞 意
here	〔hɪr〕	adv.	這裏
mere	〔mɪr〕	adj.	僅僅
sphere	〔sfɪr〕	n.	領域，球體

(三) ere 讀〔ɝ〕

單 字	發 音	詞 性	詞 意
were	〔wɝ〕		be動詞兩種過去式中的一種

2. ea＋d 時，ea 在特定的單字中分別讀〔ε〕和〔i〕

(一) 讀〔ε〕

單 字	發 音	詞 性	詞 意
bread	〔brεd〕	n.	麵包
dead	〔dεd〕	adj.	死的
dread	〔drεd〕	n.	恐怖的事物
head	〔hεd〕	n.	頭
lead	〔lεd〕	n.	鉛
read	〔rεd〕	vt.	讀(read〔rid〕的過去式和過去分詞)

單 字	發 音	詞 性	詞 意
spread	〔sprɛd〕	vt.	散佈
stead	〔stɛd〕	n.	代替
thread	〔θrɛd〕	n.	線
tread	〔trɛd〕	vi.	步行

(二) 讀〔i〕

單 字	發 音	詞 性	詞 意
bead	〔bid〕	n.	珠子
knead	〔nid〕	vt.	揉混(麵粉、土)
lead	〔lid〕	vt.	領導
mead	〔mid〕	n.	蜂蜜酒
plead	〔plid〕	vi.	請求
read	〔rid〕	vt.	讀

● e 的母音字母(組合)，其讀音無規則可循的個別例子

單 字	發 音	詞 性	詞 意
beau	〔bo〕	n.	花花公子
breath	〔brɛθ〕	n.	呼吸
cleanse	〔klins〕	vt.	洗乾淨
deaf	〔dɛf〕	adj.	聾的

單　字	發　音	詞　性	詞　意
death	〔dɛθ〕	n.	死亡
deuce	〔djus〕	n.	平手(如：網球)
feud	〔fjud〕	n.	(長期的)不和
heir	〔ɛr〕	n.	繼承人
leaf	〔lif〕	n.	葉子
league	〔lig〕	n.	同盟
lewd	〔ljud〕	adj.	淫蕩的
meant	〔mɛnt〕	vt.	意味著(mean〔min〕的過去式和過去分詞)
queue	〔kju〕	n.	人排成一長龍
their	〔ðɛr〕	pron.	他們的
weird	〔wɪrd〕	adj.	怪異的

Phonics

參、i 的母音字母(組合)有〔aɪ〕,〔i〕,〔ɝ〕,和〔ɪ〕四種讀音,每種讀音有一至四個讀音規則

一 讀〔aɪ〕：有四個讀音規則

1. i＋子音字母＋e 時,i 讀〔aɪ〕 (2)

單 字	發 音	詞 性	詞 意
bite	〔baɪt〕	vt.	咬
bride	〔braɪd〕	n.	新娘
fire	〔faɪr〕	n.	火
five	〔faɪv〕	n.	五；五個
hide	〔haɪd〕	vi.	躲藏
hire	〔haɪr〕	vt.	租借；雇用
ice	〔aɪs〕	n.	冰
kite	〔kaɪt〕	n.	風箏
like	〔laɪk〕	vt.	喜歡
live	〔laɪv〕	adj.	活的
mile	〔maɪl〕	n.	英里,哩
nice	〔naɪs〕	adj.	美好的
pipe	〔paɪp〕	n.	管子；煙斗
shine	〔ʃaɪn〕	vi.	照耀
shrine	〔ʃraɪn〕	n.	聖壇；神龕

單　字	發　音	詞　性	詞　意
swine	〔swaɪn〕	n.	豬
tire	〔taɪr〕	vt.	使疲倦；使厭煩
twine	〔twaɪn〕	vi.	編織；纏繞
wide	〔waɪd〕	adj.	寬闊的
wife	〔waɪf〕	n.	妻子
wise	〔waɪz〕	adj.	聰明的
＊　give	〔gɪv〕	vt.	給
＊　live	〔lɪv〕	vi.	居住

2. ｉe＋φ 時，ie 讀〔aɪ〕

單　字	發　音	詞　性	詞　意
die	〔daɪ〕	vi.	死亡
lie	〔laɪ〕	vi.	說謊
pie	〔paɪ〕	n.	派，餡餅
tie	〔taɪ〕	vt.	綁(繩帶等)
vie	〔vaɪ〕	vi.	競爭

3. i＋gh(t)時，i 讀〔aɪ〕(此時 gh 不讀音)

(一) i＋gh

單 字	發 音	詞 性	詞 意
high	〔haɪ〕	adj.	高的
sigh	〔saɪ〕	vi.	嘆氣
thigh	〔θaɪ〕	n.	大腿

(二) i＋ght

單 字	發 音	詞 性	詞 意
bright	〔braɪt〕	adj.	明亮的
fight	〔faɪt〕	vi.	作戰
flight	〔flaɪt〕	n.	飛行
fright	〔fraɪt〕	n.	驚嚇，恐佈
knight	〔naɪt〕	n.	武士，騎士
light	〔laɪt〕	n.	燈光
might	〔maɪt〕	n.	力量
night	〔naɪt〕	n.	夜晚
right	〔raɪt〕	adj.	正確的
sight	〔saɪt〕	n.	視力
tight	〔taɪt〕	adj.	緊的

4. i＋ld 或 nd 時，i 讀〔aɪ〕 (1,1)

(一) i＋ld

單　字	發　音	詞　性	詞　意
child	〔tʃaɪld〕	n.	小孩
mild	〔maɪld〕	adj.	溫和的
wild	〔waɪld〕	adj.	野生的
＊　gild	〔gɪld〕	vt.	鍍金

(二) i＋nd

單　字	發　音	詞　性	詞　意
bind	〔baɪnd〕	vt.	綁住
blind	〔blaɪnd〕	adj.	瞎的
find	〔faɪnd〕	vt.	發現
hind	〔haɪnd〕	adj.	後面的
kind	〔kaɪnd〕	adj.	仁慈的
mind	〔maɪnd〕	vt.	介意
wind	〔waɪnd〕	vi.	蜿蜒前進
＊　wind	〔wɪnd〕	n.	風

二 讀〔i〕：有兩個讀音規則

1. ie＋非 r 的子音字母＋(子音字母)時，ie 讀〔i〕 (1)

單　字	發　音	詞　性	詞　意
brief	〔brif〕	adj.	簡短的
chief	〔tʃif〕	adj.	主要的
field	〔fild〕	n.	田地
grief	〔grif〕	n.	悲痛
priest	〔prist〕	n.	牧師
shield	〔ʃild〕	n.	盾，屏障
shriek	〔ʃrik〕	n.	尖叫聲
thief	〔θif〕	n.	小偷
wield	〔wild〕	vt.	揮動
＊ friend	〔frɛnd〕	n.	朋友

補充說明 ie 在 friend 中讀〔ɛ〕的例子，亦可解釋為，i的母音字母(組合)之第五種讀音，只是它讀〔ɛ〕的情形，是獨一無二的。

2. ie＋非 r 的子音字母＋e 時，ie 讀〔i〕

單　字	發　音	詞　性	詞　意
grieve	〔griv〕	vi.	悲傷
niece	〔nis〕	n.	姪女
piece	〔pis〕	n.	(一)片
siege	〔sidʒ〕	n.	圍攻
sieve	〔siv〕	n.	大嘴巴(不能守密者)
thieve	〔θiv〕	vt.	偷

三 讀〔ɝ〕：有一個讀音規則

ir (＋子音字母)(＋子音字母)時，ir 讀〔ɝ〕

單　字	發　音	詞　性	詞　意
bird	〔bɝd〕	n.	鳥
birth	〔bɝθ〕	n.	出生
chirp	〔tʃɝp〕	n.	(鳥)叫聲
dirt	〔dɝt〕	n.	灰塵
first	〔fɝst〕	adj.	第一的
firm	〔fɝm〕	adj.	穩固的
flirt	〔flɝt〕	vi.	調情
girl	〔gɝl〕	n.	女孩

單　字	發　音	詞　性	詞　　意
irk	〔ɝk〕	vt.	使苦惱
shirt	〔ʃɝt〕	n.	襯衫
sir	〔sɝ〕	n.	先生
skirt	〔skɝt〕	n.	裙子
squirm	〔skwɝm〕	vi.	像蟲一樣地蠕動
stir	〔stɝ〕	vt.	攪拌
third	〔θɝd〕	adj.	第三的
thirst	〔θɝst〕	n.	口渴
whirl	〔hwɝl〕	vi.	旋轉

四 讀〔ɪ〕：有三個讀音規則

1. i＋子音字母＋子音字母＋e 時，i 讀〔ɪ〕

單　字	發　音	詞　性	詞　　意
bridge	〔brɪdʒ〕	n.	橋樑
fringe	〔frɪndʒ〕	n.	邊緣
prince	〔prɪns〕	n.	王子
ridge	〔rɪdʒ〕	n.	山脊
rinse	〔rɪns〕	vt.	洗刷
since	〔sɪns〕	adv.	自從

Phonics

2. ie＋r (＋子音字母[＋e])時，ie 讀〔ɪ〕

單　字	發　音	詞　性	詞　　意
pier	〔pɪr〕	n.	碼頭
tier	〔tɪr〕	n.	(一)行，(一)列
fierce	〔fɪrs〕	adj.	凶猛的
pierce	〔pɪrs〕	vt.	刺穿

3. i＋非 gh(t), ld, nd, 或 r 的子音字母(＋子音字母)
時，i 讀〔ɪ〕 (5)

單　字	發　音	詞　性	詞　　意
big	〔bɪg〕	adj.	巨大的
bill	〔bɪl〕	n.	帳單
brick	〔brɪk〕	n.	磚頭
bring	〔brɪŋ〕	vt.	帶來
dig	〔dɪg〕	vt.	掘、挖
dish	〔dɪʃ〕	n.	盤子
drill	〔drɪl〕	vt.	鑽孔
drink	〔drɪŋk〕	vt.	喝
filth	〔fɪlθ〕	n.	骯髒
fist	〔fɪst〕	n.	拳頭

單　字	發　音	詞　性	詞　意
fit	〔fɪt〕	vi.	合身
fix	〔fɪks〕	vt.	使固定；修理
grin	〔grɪn〕	vi.	露齒而笑
hid	〔hɪd〕	vt.	藏(hide〔haɪd〕的過去式)
hill	〔hɪl〕	n.	小山丘
hint	〔hɪnt〕	n.	暗示
hit	〔hɪt〕	vt.	打擊
inch	〔ɪntʃ〕	n.	(一)英吋
itch	〔ɪtʃ〕	vi.	發癢
kick	〔kɪk〕	vt.	踢
king	〔kɪŋ〕	n.	國王
lift	〔lɪft〕	vt.	舉起
limb	〔lɪm〕	n.	肢；臂
limp	〔lɪmp〕	vi.	跛行
milk	〔mɪlk〕	n.	牛奶
mist	〔mɪst〕	n.	霧
mix	〔mɪks〕	vt.	混合
pig	〔pɪg〕	n.	豬
pill	〔pɪl〕	n.	藥丸
pink	〔pɪŋk〕	adj.	粉紅色

單　字	發　音	詞　性	詞　意
piss	〔pɪs〕	vi.	小便
print	〔prɪnt〕	vt.	印刷
quick	〔kwɪk〕	adj.	快速的
quilt	〔kwɪlt〕	n.	被子
quit	〔kwɪt〕	vt.	辭職
rib	〔rɪb〕	n.	肋骨
rich	〔rɪtʃ〕	adj.	富有的
ring	〔rɪŋ〕	n.	戒指
script	〔skrɪpt〕	n.	(戲劇的)腳本
shrimp	〔ʃrɪmp〕	n.	蝦子
shrink	〔ʃrɪŋk〕	vt.	收縮
silk	〔sɪlk〕	n.	蠶絲；絲織品
sin	〔sɪn〕	n.	罪惡
skill	〔skɪl〕	n.	技能
skin	〔skɪn〕	n.	皮膚
sniff	〔snɪf〕	vt.	用鼻子聞
spit	〔spɪt〕	vt.	吐痰
spring	〔sprɪŋ〕	n.	春天
squid	〔skwɪd〕	n.	烏賊
stiff	〔stɪf〕	adj.	僵硬的

單　字	發　音	詞　性	詞　意
stink	〔stɪŋk〕	vi.	發出惡臭
swim	〔swɪm〕	vi.	游泳
swing	〔swɪŋ〕	vi.	搖擺
switch	〔swɪtʃ〕	n.	開關
thick	〔θɪk〕	adj.	厚的
think	〔θɪŋk〕	vi.	思考
thrift	〔θrɪft〕	n.	節儉
trick	〔trɪk〕	n.	詭計；惡作劇
twin	〔twɪn〕	n.	雙胞胎
whip	〔hwɪp〕	n.	鞭子
win	〔wɪn〕	vt.	贏；獲勝
wit	〔wɪt〕	n.	機智
witch	〔wɪtʃ〕	n.	女巫
zinc	〔zɪŋk〕	n.	鋅
＊ chic	〔ʃik〕	adj.	時髦標緻的
＊ Christ	〔kraɪst〕	n.	基督
＊ climb	〔klaɪm〕	vi.	爬
＊ ninth	〔naɪnθ〕	adj.	第九的
＊ pint	〔paɪnt〕	n.	(一)品脫(=0.47 公升)

● i 的母音字母(組合)，其讀音無規則可循的個別例子

單　字	發　音	詞　性	詞　意
hi	〔haɪ〕	int.	打招呼時的喊聲
I	〔aɪ〕	pron.	我
isle	〔aɪl〕	n.	小島
lieu	〔lju〕	n.	代替(in lieu of)
pique	〔pik〕	n.	生氣、嘔氣
sign	〔saɪn〕	vt.	簽名
ski	〔ski〕	vi.	滑雪
view	〔vju〕	n.	視野

肆、o 的母音字母(組合)有〔o〕，〔ɔ〕，〔u〕，〔ʊ〕，〔aʊ〕，〔ɔɪ〕，〔ɝ〕，〔ʌ〕,和〔ɑ〕九種讀音，每種讀音有一至七個讀音規則

一 讀〔o〕：有五個讀音規則

1. o＋非 r 的子音字母＋e 時，o 讀〔o〕

這個讀音規則比較特別，因為母音字母 o 加非 r 的子音字母再加 e 讀〔o〕時，在多數的情形下，都沒有例外，但在少數情形下，有二至六個例外。為了方便讀者的參閱，本書將此讀音規則，依其有無例外，分成(一) (二)兩個小單元來介紹。

(一) 當 o 後方的子音字母為 b, d, k, l, p, t, 或 z 時，o 都讀〔o〕

(1) o＋b＋e

單　字	發　音	詞　性	詞　意
globe	〔glob〕	n.	地球
lobe	〔lob〕	n.	耳垂
probe	〔prob〕	n.	調查
robe	〔rob〕	n.	長外袍

Phonics

(2) o＋d＋e

單　字	發　音	詞　性	詞　意
bode	〔bod〕	vt.	等待(bide〔baɪd〕的過去式)
code	〔kod〕	n.	密碼
mode	〔mod〕	n.	式樣
rode	〔rod〕	vt.	騎(ride〔raɪd〕的過去式)
strode	〔strod〕	vi.	大步走(stride〔straɪd〕的過去式和過去分詞)

(3) o＋k＋e

單　字	發　音	詞　性	詞　意
broke	〔brok〕	vt.	破壞(break〔brek〕的過去式)
choke	〔tʃok〕	vt.	使窒息
joke	〔dʒok〕	n.	玩笑
smoke	〔smok〕	n.	煙
spoke	〔spok〕	vt.	說話(speak〔spik〕的過去式)
woke	〔wok〕	vi.	醒來(wake〔wek〕的過去式)

(4) o＋l＋e

單　字	發　音	詞　性	詞　　意
dole	〔dol〕	n.	施捨物
hole	〔hol〕	n.	洞
mole	〔mol〕	n.	黑痣
pole	〔pol〕	n.	柱、竿
role	〔rol〕	n.	角色
sole	〔sol〕	adj.	唯一的

(5) o＋p＋e

單　字	發　音	詞　性	詞　　意
cope	〔kop〕	vi.	對抗
dope	〔dop〕	n.	毒品
grope	〔grop〕	vi.	摸索
hope	〔hop〕	n.	希望
rope	〔rop〕	n.	繩子
scope	〔skop〕	n.	範圍
slope	〔slop〕	n.	斜坡

(6) o＋t＋e

單　字	發　音	詞　性	詞　　意
note	〔not〕	n.	筆記
quote	〔kwot〕	vt.	引述
rote	〔rot〕	n.	機械式的背誦
vote	〔vot〕	vi.	投票
wrote	〔rot〕	vt.	寫(write〔raɪt〕的過去式)

(7) o＋z＋e

單　字	發　音	詞　性	詞　　意
coze	〔koz〕	vi.	談心
doze	〔doz〕	vi.	打瞌睡
froze	〔froz〕	vi.	凍結(freeze〔friz〕的過去式)
gloze	〔gloz〕	vi.	掩飾

(二) 當 o 後方的子音字母為 m, n, s, 或 v 時，o 讀〔o〕，但各有二至六個例外

(1) o＋m＋e

單　字	發　音	詞　性	詞　　意
dome	〔dom〕	n.	圓屋頂

單　字	發　音	詞　性	詞　意
home	〔hom〕	n.	家
pome	〔pom〕	n.	梨類水果(如水梨、蘋果)
Rome	〔rom〕	n.	羅馬(義大利的首都)
＊　come	〔kʌm〕	vi.	來到
＊　some	〔sʌm〕	adj.	一些

(2) o＋n＋e

單　字	發　音	詞　性	詞　意
bone	〔bon〕	n.	骨頭
clone	〔klon〕	vt.	用細胞複製(動物)
cone	〔kon〕	n.	圓錐體
drone	〔dron〕	n.	無人駕駛的飛機
lone	〔klon〕	adj.	寂寞的(用在詩詞中)
phone	〔fon〕	adj.	電話
prone	〔pron〕	adj.	有...傾向的
shone	〔ʃon〕	vt.	照耀(shine〔ʃaɪn〕的過去式和過去分詞)
stone	〔ston〕	n.	石頭
throne	〔θron〕	n.	王座
tone	〔ton〕	n.	聲調

單　字	發　音	詞　性	詞　意
zone	〔zon〕	n.	地區
＊ done	〔dʌn〕	vt.	做(do〔du〕的過去分詞)
＊ gone	〔gɔn〕	vi	去(go〔go〕的過去分詞)
＊ none	〔nʌn〕	n.	沒有一個
＊ one	〔wʌn〕	n.	一個

(3) o＋s＋e

單　字	發　音	詞　性	詞　意
chose	〔tʃoz〕	vt.	選擇(choose〔tʃuz〕的過去式)
close	〔kloz〕	vt.	關閉
dose	〔doz〕	n.	藥劑
hose	〔hoz〕	n.	水管
nose	〔noz〕	n.	鼻子
pose	〔poz〕	n.	姿勢
rose	〔roz〕	n.	玫瑰
＊ lose	〔luz〕	vt.	失去
＊ whose	〔huz〕	pron.	誰的

(4) o＋v＋e

單　字	發　音	詞　性	詞　　意
clove	〔klov〕	n.	丁香(植物)
cove	〔kov〕	n.	小海灣
drove	〔drov〕	vt.	駕駛(drive〔draɪv〕的過去式)
grove	〔grov〕	n.	小樹叢
hove	〔hov〕	vt.	舉起(heave〔hiv〕的過去式和過去分詞)
rove	〔rov〕	vi.	眼睛轉來轉去
stove	〔stov〕	n.	烤箱
strove	〔strov〕	vi.	努力(strive〔straɪv〕的過去式)
wove	〔wov〕	vi.	編織(weave〔wiv〕的過去式)
＊　dove	〔dʌv〕	n.	鴿子
＊　glove	〔glʌv〕	n.	手套
＊　love	〔lʌv〕	vt.	愛
＊　move	〔muv〕	vi.	移動
＊　prove	〔pruv〕	vt.	證明
＊　shove	〔ʃʌv〕	vt.	推擠

2. oe＋φ 時，oe 讀〔o〕 (1)

單　字	發　音	詞　性	詞　意
foe	〔fo〕	n.	敵人
hoe	〔ho〕	n.	鋤頭
toe	〔to〕	n.	腳趾
woe	〔wo〕	n.	悲痛
＊ shoe	〔ʃu〕	n.	鞋子

3. oa＋非 r 的子音字母(＋子音字母)時，oa 讀〔o〕 (1)

單　字	發　音	詞　性	詞　意
boast	〔bost〕	vt.	吹噓
boat	〔bot〕	n.	小船
coast	〔kost〕	n.	海岸
coat	〔kot〕	n.	大衣
foam	〔fom〕	n.	一團小泡沫
groan	〔gron〕	vi.	發出痛苦呻吟聲
oak	〔ok〕	n.	橡木
oath	〔oθ〕	n.	誓言
road	〔rod〕	n.	馬路

單　字	發　音	詞　性	詞　意
roam	〔rom〕	vi.	徘徊
roast	〔rost〕	vt.	烤；烘
throat	〔θrot〕	n.	喉嚨
toad	〔tod〕	n.	癩蛤蟆
toast	〔tost〕	n.	吐司
＊ broad	〔brɔd〕	adj.	廣闊的

4. ow＋n 的單字，若為動詞的過去分詞時，ow 讀〔o〕

單　字	發　音	詞　性	詞　意
blown	〔blon〕	vi.	吹(原動詞為 blow〔blo〕)
flown	〔flon〕	vi.	飛(原動詞為 fly〔flaɪ〕)
grown	〔gron〕	vi.	成長(原動詞為 grow〔gro〕)
known	〔non〕	vt.	知道(原動詞為 know〔no〕)
mown	〔mon〕	vt.	割(草)(原動詞為 mow〔mo〕)
sown	〔son〕	vi.	播種(原動詞為 sow〔so〕)
thrown	〔θron〕	vt.	丟棄(原動詞為 throw〔θro〕)

(這類動詞的原形，其字尾為 ow 時，ow 都讀〔o〕)

5. o＋ld, ll, 或 lt 時，o 讀〔o〕(0,1,0)

(一) o＋ld

單　字	發　音	詞　性	詞　意
bold	〔bold〕	adj.	勇敢的
cold	〔kold〕	adj.	冷的
fold	〔fold〕	vt.	折疊
gold	〔gold〕	n.	金子
old	〔old〕	adj.	老的
scold	〔skold〕	vt.	責備
sold	〔sold〕	vt.	賣(sell〔sɛl〕的過去式和過去分詞)
told	〔told〕	vt.	告訴(tell〔tɛl〕的過去式和過去分詞)

(二) o＋ll

單　字	發　音	詞　性	詞　意
droll	〔drol〕	adj.	逗人發笑的
poll	〔pol〕	n.	民意調查
roll	〔rol〕	vt.	滾動
scroll	〔skrol〕	n.	卷軸

單　字	發　音	詞　性	詞　意
stroll	〔strol〕	vi.	閒逛，漫步
toll	〔tol〕	n.	過橋費
troll	〔trol〕	vt.	使旋轉
＊ doll	〔dɑl〕	n.	洋娃娃

(三) o＋lt

單　字	發　音	詞　性	詞　意
bolt	〔bolt〕	n.	門栓
colt	〔kolt〕	n.	小雄馬
molt	〔molt〕	vi.	(蛇的)脫皮

二 讀〔ɔ〕：有七個讀音規則

1. o＋r＋e 時，o 讀〔ɔ〕

單　字	發　音	詞　性	詞　意
bore	〔bɔr〕	vt.	使無聊
core	〔kɔr〕	n.	核心
more	〔mɔr〕	adj.	更多的
ore	〔ɔr〕	n.	礦石
pore	〔pɔr〕	vi.	細想、熟讀

單　字	發　音	詞　性	詞　意
score	〔skɔr〕	vi.	得分
shore	〔ʃɔr〕	n.	岸邊
sore	〔sɔr〕	adj.	(發炎)疼痛的
store	〔stɔr〕	n.	商店
tore	〔tɔr〕	vt.	撕毀(tear〔tɛr〕的過去式)
wore	〔wɔr〕	vt.	穿、戴(wear〔wɛr〕的過去式)

2. o＋r＋子音字母＋e 時，o 讀〔ɔ〕(1)

單　字	發　音	詞　性	詞　意
borne	〔bɔrn〕	vt.	生產(bear〔bɛr〕的過去分詞)
force	〔fɔrs〕	n.	力量
forge	〔fɔrdʒ〕	vt.	偽造
gorge	〔gɔrdʒ〕	vt.	狼吞虎嚥
horde	〔hɔrd〕	n.	群眾
horse	〔hɔrs〕	n.	馬
＊ worse	〔wɝs〕	adj.	bad的比較級

3. oa＋r (＋子音字母[＋e])時，oa 讀〔ɔ〕

單　字	發　音	詞　性	詞　意
boar	〔bɔr〕	n.	野豬
oar	〔ɔr〕	n.	槳
roar	〔rɔr〕	vi.	吼叫
soar	〔sɔr〕	vi.	高漲
board	〔bɔrd〕	n.	厚板
hoard	〔hɔrd〕	vt.	囤積
coarse	〔kɔrs〕	adj.	粗糙的
hoarse	〔hɔrs〕	adj.	沙啞的

4. ou＋r＋子音字母(＋e)時，ou 讀〔ɔ〕

單　字	發　音	詞　性	詞　意
court	〔kɔrt〕	n.	法院
mourn	〔mɔrn〕	vi.	哀悼
course	〔kɔrs〕	n.	課程
source	〔sɔrs〕	n.	來源

5. (非 w 的子音字母) ＋o＋r (＋子音字母)時，o讀〔ɔ〕

單　字	發　音	詞　性	詞　意
cork	〔kɔrk〕	n.	軟木塞
corn	〔kɔrn〕	n.	玉米
for	〔fɔr〕	prep.	為了
form	〔fɔrm〕	n.	形式
horn	〔hɔrn〕	n.	(動物頭上的)角；警報器
lord	〔lɔrd〕	n.	主人
nor	〔nɔr〕	conj.	也沒有
north	〔nɔrθ〕	n.	北方
or	〔ɔr〕	conj.	或者
porch	〔pɔrtʃ〕	n.	門口、玄關
pork	〔pɔrk〕	n.	豬肉
port	〔pɔrt〕	n.	港口
scorn	〔skɔrn〕	vt.	輕視
short	〔ʃɔrt〕	adj.	短的
sort	〔sɔrt〕	n.	種類
storm	〔stɔrm〕	n.	暴風雨
thorn	〔θɔrn〕	n.	有刺的植物
torch	〔tɔrtʃ〕	n.	火把
torn	〔tɔrn〕	vt.	撕掉(tear〔tɛr〕的過去分詞)

6. ou ＋ ght 時，ou 讀〔ɔ〕(1)(此時 gh 不讀音)

單　字	發　音	詞　性	詞　意
bought	〔bɔt〕	vt.	買(buy〔baɪ〕的過去式和過去分詞)
brought	〔brɔt〕	vt.	帶來(bring〔brɪŋ〕的過去式和過去分詞)
fought	〔fɔt〕	vi.	爭戰(fight〔faɪt〕的過去式和過去分詞)
ought	〔ɔt〕	aux.	應該
sought	〔sɔt〕	vt.	尋找(seek〔sik〕的過去式和過去分詞)
＊ drought	〔draʊt〕	n.	旱災

7. o ＋ ng, ss, 或 th 時，o 讀〔ɔ〕 (0, 2, 1)

(一) o ＋ ng

單　字	發　音	詞　性	詞　意
gong	〔gɔŋ〕	n.	銅鑼
long	〔lɔŋ〕	adj.	長的
song	〔sɔŋ〕	n.	歌
strong	〔strɔŋ〕	adj.	強壯的

單　字	發　音	詞　性	詞　意
throng	〔θrɔŋ〕	n.	人群
wrong	〔rɔŋ〕	adj.	錯誤的

(二) o＋ss

單　字	發　音	詞　性	詞　意
boss	〔bɔs〕	n.	老闆
cross	〔krɔs〕	vt.	橫越
floss	〔flɔs〕	n.	牙線
loss	〔lɔs〕	n.	損失
moss	〔mɔs〕	n.	青苔
toss	〔tɔs〕	vt.	投擲、丟
＊ gloss	〔glɑs〕	n.	光澤
＊ gross	〔gros〕	adj.	總體的

(三) o＋th

單　字	發　音	詞　性	詞　意
broth	〔brɔθ〕	n.	清湯
cloth	〔klɔθ〕	n.	布
froth	〔frɔθ〕	n.	一團小泡沫
moth	〔mɔθ〕	n.	蛾

單　字	發　音	詞　性	詞　意
troth	〔trɔθ〕	n.	婚約
wroth	〔rɔθ〕	adj.	狂暴的(風、海等)
＊ both	〔boθ〕	n.	兩者

三 讀〔u〕：有四個讀音規則

1. ou＋p (＋e) 時，ou 讀〔u〕

單　字	發　音	詞　性	詞　意
coup	〔ku〕	n.	政變
group	〔grup〕	n.	(一)群
soup	〔sup〕	n.	湯
troupe	〔trup〕	n.	一團(演員等)

2. oo＋φ 時，oo 讀〔u〕

單　字	發　音	詞　性	詞　意
boo	〔bu〕	vi.	喝倒彩
moo	〔mu〕	n.	牛叫聲
too	〔tu〕	adj.	也
woo	〔wu〕	vi.	追求，求愛
zoo	〔zu〕	n.	動物園

3. oo + 非 d, k, 或 r 的子音字母時，oo 讀〔u〕(4)

單　字	發　音	詞　性	詞　意
boom	〔bum〕	n.	繁榮
boot	〔but〕	n.	靴子
broom	〔brum〕	n.	掃帚
cool	〔kul〕	vi.	涼爽的
doom	〔dum〕	n.	死亡
fool	〔ful〕	n.	傻瓜
goof	〔guf〕	n.	傻瓜
groom	〔grum〕	n.	新郎
hoop	〔hup〕	n.	箍；籃球籃框
loop	〔lup〕	n.	環狀物
moon	〔mun〕	n.	月亮
noon	〔nun〕	n.	正午
pool	〔pul〕	n.	水池
room	〔rum〕	n.	房間
root	〔rut〕	n.	根部
school	〔skul〕	n.	學校
smooth	〔smuθ〕	adj.	平滑的
soon	〔sun〕	adv.	不久
stool	〔stul〕	n.	圓板凳

單　字	發　音	詞　性	詞　意
tooth	〔tuθ〕	n.	牙齒
＊ brooch	〔brotʃ〕	n.	胸針
＊ foot	〔fʊt〕	n.	腳
＊ soot	〔sʊt〕	n.	煤灰
＊ wool	〔wʊl〕	n.	羊毛

4. oo＋非 k 或 r 的子音字母＋e 時，oo 讀〔u〕

單　字	發　音	詞　性	詞　意
choose	〔tʃuz〕	vt.	選擇
goose	〔gus〕	n.	鵝
groove	〔gruv〕	n.	凹槽
loose	〔lus〕	adj.	鬆弛的
moose	〔mus〕	n.	麋鹿
snooze	〔snuz〕	vi.	打瞌睡
stooge	〔studʒ〕	n.	(喜劇裏的)丑角

四 讀〔ʊ〕：有兩個讀音規則

1. oo＋k 時，oo 讀〔ʊ〕

單　字	發　音	詞　性	詞　　意
book	〔bʊk〕	n.	書
brook	〔brʊk〕	n.	小溪流
cook	〔kʊk〕	n.	廚師
crook	〔krʊk〕	n.	彎曲
hook	〔hʊk〕	n.	鐵鉤
look	〔lʊk〕	vi.	看
nook	〔nʊk〕	n.	角落
shook	〔ʃʊk〕	vt.	搖動(shake〔ʃek〕的過去式)
took	〔tʊk〕	vt.	拿(take〔tek〕的過去式)

2. ou＋ld 時，ou 讀〔ʊ〕(此時 l 不讀音)

單　字	發　音	詞　性	詞　　意
could	〔kʊd〕	aux.	能夠(can〔kæn〕的過去式)
should	〔ʃʊd〕	aux.	應該
would	〔wʊd〕	aux.	將會(will〔wɪl〕的過去式)

Phonics

五 讀〔aʊ〕：有三個讀音規則

1. ow＋l 時，ow 讀〔aʊ〕 (1)

單 字	發 音	詞 性	詞 意
fowl	〔faʊl〕	n.	家禽
growl	〔graʊl〕	vi.	咆哮
howl	〔haʊl〕	vi.	狂吠
owl	〔aʊl〕	n.	貓頭鷹
prowl	〔praʊl〕	vi.	徘徊
＊ bowl	〔bol〕	n.	碗

2. ow＋n 的單字，若不是動詞的過去分詞時，則 ow 讀〔aʊ〕 (1)

單 字	發 音	詞 性	詞 意
brown	〔braʊn〕	adj.	棕色的
clown	〔klaʊn〕	n.	小丑
crown	〔kraʊn〕	n.	皇冠
down	〔daʊn〕	adv.	往下
drown	〔draʊn〕	vi.	溺死
frown	〔fraʊn〕	vi.	縐眉
gown	〔gaʊn〕	n.	長袍

單　字	發　音	詞　性	詞　意
town	〔taʊn〕	n.	小城鎮
＊ own	〔on〕	vt.	擁有

3. ou＋ch, d, nce, nd, se 或 t 時，ou 讀〔aʊ〕
(1,0,0,1,0,0)

（一）ou＋ch

單　字	發　音	詞　性	詞　意
couch	〔kaʊtʃ〕	n.	長椅
crouch	〔kraʊtʃ〕	vi.	蹲下
grouch	〔graʊtʃ〕	vi.	發牢騷
ouch	〔aʊtʃ〕	n.	疼痛時的叫聲
vouch	〔vaʊtʃ〕	vi.	擔保
＊ touch	〔tʌtʃ〕	vt.	接觸

（二）ou＋d

單　字	發　音	詞　性	詞　意
cloud	〔klaʊd〕	n.	雲
loud	〔laʊd〕	adj.	大聲的
proud	〔praʊd〕	adj.	驕傲的

(三) ou＋nce

單 字	發 音	詞 性	詞 意
bounce	〔baʊns〕	vi.	反彈
flounce	〔flaʊns〕	n.	衣裙上的荷葉邊
ounce	〔aʊns〕	n.	(一)盎司
pounce	〔paʊns〕	vt.	撲過去抓住
trounce	〔traʊns〕	vt.	痛打

(四) ou＋nd

單 字	發 音	詞 性	詞 意
bound	〔baʊnd〕	vt.	綁住(bind〔baɪnd〕的過去式和過去分詞)
found	〔faʊnd〕	vt.	發現(find〔faɪnd〕的過去式和過去分詞)
ground	〔graʊnd〕	n.	地面
hound	〔haʊnd〕	n.	獵犬
pound	〔paʊnd〕	n.	(一)磅
round	〔raʊnd〕	adj.	圓的
sound	〔saʊnd〕	n.	聲音
wound	〔waʊnd〕	vi.	蜿蜒前進(wind〔waɪnd〕的過去式和過去分詞)
＊ wound	〔wund〕	n.	創傷

(五) ou＋se

單　字	發　音	詞　性	詞　意
blouse	〔blaʊs〕	n.	女用上衣
douse	〔daʊs〕	vt.	弄溼
house	〔haʊs〕	n.	房子
louse	〔laʊs〕	n.	蝨子
mouse	〔maʊs〕	n.	老鼠
rouse	〔raʊs〕	vt.	激勵
souse	〔saʊs〕	n.	滷汁

(六) ou＋t

單　字	發　音	詞　性	詞　意
bout	〔baʊt〕	n.	(一)回合
out	〔aʊt〕	adv.	向外
pout	〔paʊt〕	n.	噘著嘴
rout	〔raʊt〕	n.	大敗
shout	〔ʃaʊt〕	vi.	大聲叫
sprout	〔spraʊt〕	vi.	發芽

Phonics

六 讀〔ɔɪ〕：有兩個讀音規則

1. oy＋φ 時，oy 讀〔ɔɪ〕

單　字	發　音	詞　性	詞　　意
boy	〔bɔɪ〕	n.	男孩
coy	〔kɔɪ〕	adj.	覥腆的
joy	〔dʒɔɪ〕	n.	喜悅
soy	〔sɔɪ〕	n.	大豆
toy	〔tɔɪ〕	n.	玩具
Troy	〔trɔɪ〕	n.	特洛伊(希臘的一個島)

2. oi＋子音字母(＋子音字母或＋e)時，則 oi 讀〔ɔɪ〕 (1)

單　字	發　音	詞　性	詞　　意
boil	〔bɔɪl〕	vi.	沸騰
foil	〔fɔɪl〕	n.	箔紙
oil	〔ɔɪl〕	n.	石油
soil	〔sɔɪl〕	n.	土地
toil	〔tɔɪl〕	n.	辛勞
void	〔vɔɪd〕	adj.	空的

單　字	發　音	詞　性	詞　意
joint	〔dʒɔɪnt〕	n.	關節
moist	〔mɔɪst〕	adj.	潮濕的
point	〔pɔɪnt〕	n.	論點
choice	〔tʃɔɪs〕	n.	選擇
noise	〔nɔɪz〕	n.	噪音
poise	〔pɔɪz〕	n.	平靜
voice	〔vɔɪs〕	n.	嗓子
＊ choir	〔kwaɪr〕	n.	合唱團

七 讀〔ɚ〕：有一個讀音規則

> w＋or＋子音字母(＋子音字母)時，or 讀〔ɚ〕(2)

單　字	發　音	詞　性	詞　意
word	〔wɝd〕	n.	生字
work	〔wɝk〕	n.	工作
world	〔wɝld〕	n.	世界
worm	〔wɝm〕	n.	蟲
worst	〔wɝst〕	adj.	bad 的最高級
worth	〔wɝθ〕	adj.	值得
＊ sword	〔sɔrd〕	n.	劍

單　字	發　音	詞　性	詞　　意
* worn	〔wɔrn〕	vt.	穿、戴(wear〔wɛr〕的過去分詞)

八 讀〔ʌ〕：有一個讀音規則

o＋n(＋g 以外的子音字母)時，o 讀〔ʌ〕 (3)

單　字	發　音	詞　性	詞　　意
front	〔frʌnt〕	n.	前面
monk	〔mʌŋk〕	n.	和尚
month	〔mʌnθ〕	n.	(一個)月
son	〔sʌn〕	n.	兒子
ton	〔tʌn〕	n.	(一)噸
won	〔wʌn〕	vt.	贏(win〔wɪn〕的過去式和過去分詞)
* con	〔kɑn〕	adj.	騙人的
* don	〔dɑn〕	n.	大人物
* honk	〔hɑŋk〕	n.	汽車喇叭聲

九 讀〔ɑ〕：有一個讀音規則

> o＋b, ck, d, dge, g, m, nd, p, t, 或 x 時，o 讀〔ɑ〕
> (0,0,0,0,1,1,0,0,0,0)

(一) o＋b

單　字	發　音	詞　性	詞　意
Bob	〔bɑb〕	n.	男子名
job	〔dʒɑb〕	n.	工作
knob	〔nɑb〕	n.	(門的)圓形把手
mob	〔mɑb〕	n.	群眾，一群暴徒
rob	〔rɑb〕	vt.	搶奪
slob	〔slɑb〕	n.	骯髒鬼
sob	〔sɑb〕	vi.	低聲哭泣

(二) o＋ck

單　字	發　音	詞　性	詞　意
block	〔blɑk〕	vt.	阻擋
clock	〔klɑk〕	n.	鐘
cock	〔kɑk〕	n.	公雞
flock	〔flɑk〕	vi.	聚集
lock	〔lɑk〕	n.	鎖

單　字	發　音	詞　性	詞　意
mock	〔mɑk〕	vt.	嘲笑
rock	〔rɑk〕	n.	石塊
shock	〔ʃɑk〕	vt.	使震驚
stock	〔stɑk〕	n.	股票

(三) o＋d

單　字	發　音	詞　性	詞　意
cod	〔kɑd〕	n.	鱈魚
god	〔gɑd〕	n.	神
nod	〔nɑd〕	vt.	點頭
pod	〔pɑd〕	n.	豆莢
rod	〔rɑd〕	n.	棒子
sod	〔sɑd〕	n.	草地

(四) o＋dge

單　字	發　音	詞　性	詞　意
dodge	〔dɑdʒ〕	vi.	閃躲
hodge	〔hɑdʒ〕	n.	鄉下人
lodge	〔lɑdʒ〕	vi.	住宿

(五) o＋g

單　字	發　音	詞　性	詞　意
bog	〔bɑg〕	n.	沼澤
flog	〔flɑg〕	n.	鞭打
fog	〔fɑg〕	n.	霧
frog	〔frɑg〕	n.	青蛙
hog	〔hɑg〕	n.	(閹過的)豬
jog	〔dʒɑg〕	vi.	慢跑
log	〔lɑg〕	n.	木材
smog	〔smɑg〕	n.	煙霧
＊　dog	〔dɔg〕	n.	狗

(六) o＋m

單　字	發　音	詞　性	詞　意
from	〔frɑm〕	prep.	來自(此字也唸〔frʌm〕)
mom	〔mɑm〕	n.	母親
prom	〔prɑm〕	n.	(畢業)舞會
Tom	〔tɑm〕	n.	人名
＊　whom	〔hum〕	pron.	誰(who的受格)

(七) o＋nd

單　字	發　音	詞　性	詞　意
blond	〔bland〕	n.	金髮的女子
bond	〔band〕	n.	束縛
fond	〔fand〕	adj.	喜歡
pond	〔pand〕	n.	小池塘
yond	〔jand〕	adv.	在彼處

(八) o＋p

單　字	發　音	詞　性	詞　意
chop	〔tʃap〕	vt.	剁碎
cop	〔kap〕	n.	警察
crop	〔krap〕	n.	農作物
drop	〔drap〕	vi.	掉下來
flop	〔flap〕	vi.	拍動
hop	〔hap〕	vi.	(單腳)跳
mop	〔map〕	vt.	用拖把擦洗
pop	〔pap〕	n.	流行樂曲
prop	〔prap〕	n.	支柱
shop	〔ʃap〕	n.	商店
slop	〔slap〕	n.	溢出的液體

單　字	發　音	詞　性	詞　意
stop	〔stap〕	vi.	停止
top	〔tap〕	n.	頂端

(九) o＋t

單　字	發　音	詞　性	詞　意
dot	〔dat〕	n.	小點
got	〔gat〕	vt.	得到(get〔gɛt〕的過去式)
hot	〔hat〕	adj.	很熱
knot	〔nat〕	n.	結；裝飾用的彩結
lot	〔lat〕	n.	抽籤
not	〔nat〕	adv.	不
plot	〔plat〕	n.	陰謀
pot	〔pat〕	n.	壺，缸
rot	〔rat〕	vi.	腐爛
slot	〔slat〕	n.	細長的孔；硬幣投幣口
trot	〔trat〕	vi.	快走

(十) o＋x

單　字	發　音	詞　性	詞　意
box	〔baks〕	n.	盒子

Phonics

單　字	發　音	詞　性	詞　意
fox	〔fɑks〕	n.	狐狸
ox	〔ɑks〕	n.	牛
pox	〔pɑks〕	n.	水痘
sox	〔sɑks〕	n.	短襪

七個特例規則

1. o＋φ 時，在四個特定單字中讀〔o〕，在另外三個特定單字中讀〔u〕

(一) 讀〔o〕

單　字	發　音	詞　性	詞　意
go	〔go〕	vi.	去
no	〔no〕	adv.	表示否定的答覆
pro	〔pro〕	n.	職業選手
so	〔so〕	adv.	所以

(二) 讀〔u〕

單　字	發　音	詞　性	詞　意
do	〔du〕	vt.	做
to	〔tu〕	prep.	去

單　字	發　音	詞　性	詞　意
who	〔hu〕	n.	誰

2. o＋st 時，o 在四個特定單字中讀〔o〕，在另外
三個特定單字中讀〔ɔ〕

(一) 讀〔o〕

單　字	發　音	詞　性	詞　意
ghost	〔gost〕	n.	鬼魂
host	〔host〕	n.	(宴會的)主人
most	〔most〕	adj.	多數的
post	〔post〕	n.	職位

(二) 讀〔ɔ〕

單　字	發　音	詞　性	詞　意
cost	〔kɔst〕	n.	成本
frost	〔frɔst〕	n.	霜
lost	〔lɔst〕	vt.	失去(lose〔luz〕的過去式和過去分詞)

3. oo＋d 時，oo 在兩個特定單字中讀〔ʌ〕，在三個特定單字中讀〔u〕，在另三個特定單字中讀〔ʊ〕

(一) 讀〔ʌ〕

單　字	發　音	詞　性	詞　意
blood	〔blʌd〕	n.	血
flood	〔flʌd〕	n.	洪水

(二) 讀〔u〕

單　字	發　音	詞　性	詞　意
brood	〔brud〕	vi.	沈思
food	〔fud〕	n.	食物
mood	〔mud〕	n.	心情

(三) 讀〔ʊ〕

單　字	發　音	詞　性	詞　意
good	〔gʊd〕	adj.	好的
hood	〔hʊd〕	n.	風帽；車篷
wood	〔wʊd〕	n.	木頭

4. oo＋r 時，oo 在兩個特定單字中讀〔ɔ〕，在另外三個特定單字中讀〔ʊ〕

(一) 讀〔ɔ〕

單　字	發　音	詞　性	詞　意
door	〔dɔr〕	n.	門
floor	〔flɔr〕	n.	地板

(二) 讀〔ʊ〕

單　字	發　音	詞　性	詞　意
moor	〔mʊr〕	n.	荒野
poor	〔pʊr〕	adj.	窮的
boor	〔bʊr〕	n.	鄉下人

5. ou＋gh 時，ou 在一個特定的單字中讀〔u〕，另一個特定單字中讀〔aʊ〕，兩個特定單字中讀〔o〕，兩個特定單字中讀〔ʌ〕，和另外兩個特定單字中讀〔ɔ〕；此時 gh 在上述的情況下，可能不讀音或讀〔f〕

(一) 讀〔u〕

單　字	發　音	詞　性	詞　意
through	〔θru〕	adv.	經由

(二) 讀〔aʊ〕

單　字	發　音	詞　性	詞　意
bough	〔baʊ〕	n.	樹枝

(三) 讀〔o〕

單　字	發　音	詞　性	詞　意
dough	〔do〕	n.	麵團
though	〔ðo〕	conj.	雖然

(四) 讀〔ʌ〕

單　字	發　音	詞　性	詞　意
rough	〔rʌf〕	adj.	粗糙的
tough	〔tʌf〕	adj.	強悍的

(五) 讀〔ɔ〕

單　字	發　音	詞　性	詞　意
cough	〔kɔf〕	vi.	咳嗽
trough	〔trɔf〕	n.	(生畜飲水用的)水槽

6. ou + r 時，ou 在兩個特定的單字中讀〔ɔ〕，兩個特定的單字中讀〔ʊ〕，四個特定的單字中讀〔aʊ〕

(一) 讀〔ɔ〕

單　字	發　音	詞　性	詞　意
four	〔fɔr〕	n.	四
pour	〔pɔr〕	vt.	倒、灌

(二) 讀〔ʊ〕

單　字	發　音	詞　性	詞　意
tour	〔tʊr〕	n.	旅遊
your	〔jʊr〕	pron.	你的

(三) 讀〔aʊ〕

單　字	發　音	詞　性	詞　意
our	〔aʊr〕	pron.	我們的
flour	〔flaʊr〕	n.	麵粉
hour	〔aʊr〕	n.	(一)小時
sour	〔saʊr〕	adj.	酸的

> ### 7. ow＋φ 時，ow 在特定的單字中分別讀〔o〕或〔aʊ〕

(一) 讀〔o〕

單　字	發　音	詞　性	詞　意
bow	〔bo〕	n.	弓
crow	〔kro〕	n.	烏鴉
flow	〔flo〕	vi.	流動
know	〔no〕	vt.	知道

單　字	發　音	詞　性	詞　　意
low	〔lo〕	adj.	低的
mow	〔mo〕	n.	乾草堆
row	〔ro〕	n.	(一)排，列
show	〔ʃo〕	vt.	顯示
slow	〔slo〕	adj.	緩慢的
snow	〔sno〕	n.	雪
sow	〔so〕	vi.	播種
tow	〔to〕	vt.	用繩拖(車)

(二) 讀〔aʊ〕

單　字	發　音	詞　性	詞　　意
bow	〔baʊ〕	vi.	鞠躬
brow	〔braʊ〕	n.	眉毛
cow	〔kaʊ〕	n.	母牛
how	〔haʊ〕	adv.	如何
mow	〔maʊ〕	vt.	收割
now	〔naʊ〕	adv.	現在
plow	〔plaʊ〕	vt.	耕(田)
prow	〔praʊ〕	n.	船首
row	〔raʊ〕	n.	吵架

單　字	發　音	詞　性	詞　意
sow	〔saʊ〕	n.	牝豬(大母豬)
vow	〔vaʊ〕	n.	誓言
wow	〔waʊ〕	int.	噢！(驚訝、愉快或痛苦的叫聲)

● o 的母音字母(組合)，其讀音無規則可循的個別例子

單　字	發　音	詞　性	詞　意
bomb	〔bɑm〕	n.	炸彈
boost	〔bust〕	vt.	推動
bronze	〔brɑnz〕	n.	銅
browse	〔braʊz〕	vt.	瀏覽書本
clothe	〔kloð〕	vt.	穿衣
comb	〔kom〕	n.	梳子
corpse	〔kɔrps〕	n.	屍體
crowd	〔kraʊd〕	n.	群眾
does	〔dʌz〕	vt.	做(do〔du〕的第三人稱現在式)
drowse	〔draʊz〕	vt.	昏睡
folk	〔fok〕	n.	人們
foul	〔faʊl〕	adj.	污穢的

單　字	發　音	詞　性	詞　意
ghoul	〔gul〕	n.	令人憎懼的人
golf	〔gɔlf〕	n.	高爾夫球
growth	〔groθ〕	n.	成長
loft	〔lɔft〕	n.	倉庫的二樓
lounge	〔laʊndʒ〕	n.	睡椅
mosque	〔mɑsk〕	n.	回教的清眞寺
mouth	〔maʊθ〕	n.	嘴
odd	〔ɑd〕	adj.	奇怪的
odds	〔ɑdz〕	n.	可能性
of	〔əv〕	prep.	屬於...的
off	〔ɔf〕	adv.	中止
owe	〔o〕	vt.	欠(債)
prompt	〔prɑmpt〕	adj.	立即的
rogue	〔rog〕	n.	惡棍
route	〔raʊt〕	n.	路線
soft	〔sɔft〕	adj.	柔軟的
solve	〔sɑlv〕	vt.	解決
soul	〔sol〕	n.	靈魂
south	〔saʊθ〕	n.	南方
sponge	〔spʌndʒ〕	n.	海綿

單　字	發　音	詞　性	詞　意
tomb	〔tum〕	n.	墳墓
tongue	〔tʌŋ〕	n.	舌頭
vogue	〔vog〕	n.	時髦
wolf	〔wʊlf〕	n.	狼
womb	〔wum〕	n.	子宮
yolk	〔jok〕	n.	蛋黃
you	〔ju〕	n.	你
young	〔jʌŋ〕	adj.	年輕的
youth	〔juθ〕	n.	青春

Phonics

伍、u 的母音字母(組合)有〔ju〕,〔jʊ〕,〔ɝ〕,〔u〕,〔ʌ〕,〔w〕, 和不讀音七種讀音,每種讀音有一至三個讀音規則

● 讀〔ju〕:有一個讀音規則

(非 l 或 r 的子音字母)＋u＋非 r 的子音字母＋e 時,u 讀〔ju〕

單　字	發　音	詞　性	詞　　意
cute	〔kjut〕	adj.	可愛的
duke	〔djuk〕	n.	公爵
fuse	〔fjuz〕	n.	保險絲
huge	〔hjudʒ〕	adj.	巨大的
muse	〔mjuz〕	vi.	沈思
mute	〔mjut〕	adj.	啞的
nude	〔njud〕	adj.	裸體的
puke	〔pjuk〕	vi.	嘔吐
tube	〔tjub〕	n.	管狀物
tune	〔tjun〕	n.	旋律
use	〔jus〕	n.	使用

Phonics

二 讀〔jʊ〕：有一個讀音規則

u＋r＋e 時，u 讀〔jʊ〕(1)

單 字	發 音	詞 性	詞 意
cure	〔kjʊr〕	vt.	治療
lure	〔ljʊr〕	vt.	引誘
mure	〔mjʊr〕	vt.	幽禁
pure	〔pjʊr〕	adj.	純潔的
＊ sure	〔ʃʊr〕	adj.	確定的

三 讀〔ɝ〕：有兩個讀音規則

1. ur (＋子音字母)(＋子音字母)時，ur 讀〔ɝ〕

單 字	發 音	詞 性	詞 意
blur	〔blɝ〕	vt.	使模糊
burn	〔bɝn〕	vt.	燃燒
burst	〔bɝst〕	vt.	爆炸
church	〔tʃɝtʃ〕	n.	教堂
curb	〔kɝb〕	vt.	遏止，抑制
curl	〔kɝl〕	n.	捲毛
fur	〔fɝ〕	n.	毛皮

單　字	發　音	詞　性	詞　意
hurl	〔hɝl〕	vt.	投擲
hurt	〔hɝt〕	vt.	傷害
lurk	〔lɝk〕	vi.	潛伏
spur	〔spɝ〕	vt.	激勵
surf	〔sɝf〕	vi.	衝浪
turf	〔tɝf〕	n.	勢力範圍
turn	〔tɝn〕	vt.	轉彎
urn	〔ɝn〕	n.	甕

2. ｜ ur＋子音字母＋e 時，ur 讀〔ɝ〕｜

單　字	發　音	詞　性	詞　意
curse	〔kɝs〕	vt.	詛咒
curve	〔kɝv〕	n.	曲線；彎曲處
nurse	〔nɝs〕	n.	護士
purge	〔pɝdʒ〕	vt.	整肅；清除
purse	〔pɝs〕	n.	女用錢包
surge	〔sɝdʒ〕	n.	大浪
urge	〔ɝdʒ〕	vt.	催促

Phonics

四 讀〔u〕：有三個讀音規則

1. ue＋φ 時，ue 讀〔u〕(3)

單 字	發 音	詞 性	詞 意
blue	〔blu〕	adj.	藍色的
clue	〔klu〕	n.	線索
glue	〔glu〕	n.	膠水
rue	〔ru〕	n.	悲嘆
sue	〔su〕	vt.	控告
true	〔tru〕	adj.	眞實的
＊ cue	〔kju〕	n.	暗示
＊ due	〔dju〕	adj.	到期的
＊ hue	〔hju〕	n.	色調

2. l或r＋u＋非r的子音字母＋e 時，u 讀〔u〕

單 字	發 音	詞 性	詞 意
brute	〔brut〕	adj.	粗暴的
crude	〔krud〕	adj.	未經加工的
flute	〔flut〕	n.	橫笛
lube	〔lub〕	n.	潤滑油
Luke	〔luk〕	n.	路加福音

單　字	發　音	詞　性	詞　意
plume	〔plum〕	n.	羽毛
prune	〔prun〕	vt.	修剪(樹木)
rude	〔rud〕	adj.	粗魯的
rule	〔rul〕	n.	規則

3. 非 b, g, 或 q 的子音字母＋ui＋子音字母(＋e)時，ui 讀〔u〕 (1)

單　字	發　音	詞　性	詞　意
bruise	〔bruz〕	n.	淤傷
cruise	〔kruz〕	vi.	在海上巡洋
fruit	〔frut〕	n.	水果
juice	〔dʒus〕	n.	果汁
suit	〔sut〕	n.	西裝
＊ suite	〔swit〕	n.	套房

五 讀〔ʌ〕：有兩個讀音規則

1. u＋dge 時，u 讀〔ʌ〕

單　字	發　音	詞　性	詞　意
drudge	〔drʌdʒ〕	vi.	忙碌的工作

單 字	發 音	詞 性	詞 意
fudge	〔fʌdʒ〕	n.	乳脂軟糖
grudge	〔grʌdʒ〕	n.	怨恨
judge	〔dʒʌdʒ〕	n.	法官
nudge	〔nʌdʒ〕	vt.	用肘輕推
trudge	〔trʌdʒ〕	vi.	以沈重的腳步前進

2. u＋非 r 的子音字母(＋子音字母)時，u 讀〔ʌ〕 (7)

單 字	發 音	詞 性	詞 意
blush	〔blʌʃ〕	vi.	臉紅
brunch	〔brʌntʃ〕	n.	早午餐
bulb	〔bʌlb〕	n.	球莖；電燈泡
bulk	〔bʌlk〕	n.	體積
bunch	〔bʌntʃ〕	n.	一串
bus	〔bʌs〕	n.	公車
club	〔klʌb〕	n.	俱樂部
crush	〔krʌʃ〕	vt.	壓爛
crutch	〔krʌtʃ〕	n.	丁型拐扙
cup	〔kʌp〕	n.	杯子
cut	〔kʌt〕	vt.	切、割
drug	〔drʌg〕	n.	藥品

單　字	發　音	詞　性	詞　意
drum	〔drʌm〕	n.	鼓
drunk	〔drʌŋk〕	adj.	喝醉酒的
duck	〔dʌk〕	n.	鴨子
dull	〔dʌl〕	adj.	遲鈍的
dumb	〔dʌm〕	adj.	啞的
dump	〔dʌmp〕	vt.	傾倒；拋棄
flunk	〔flʌŋk〕	vi.	(考試)不及格
flush	〔flʌʃ〕	vt.	用水沖掉
fun	〔fʌn〕	n.	好玩
fuss	〔fʌs〕	n.	小題大作
gulf	〔gʌlf〕	n.	海灣
gull	〔gʌl〕	n.	海鷗
gun	〔gʌn〕	n.	槍
hug	〔hʌg〕	vt.	擁抱
hull	〔hʌl〕	n.	果實的殼
hunch	〔hʌntʃ〕	n.	預感
hunt	〔hʌnt〕	vt.	獵取
hush	〔hʌʃ〕	vi.	保持安靜
jump	〔dʒʌmp〕	vt.	跳躍
luck	〔lʌk〕	n.	運氣

單　字	發　音	詞　性	詞　意
lung	〔lʌŋ〕	n.	肺
mud	〔mʌd〕	n.	泥漿
mull	〔mʌl〕	vi.	深思
must	〔mʌst〕	aux.	必須
null	〔nʌl〕	adj.	無效的
nun	〔nʌn〕	n.	修女；尼姑
nut	〔nʌt〕	n.	堅果
pluck	〔plʌk〕	vt.	摘(果實等)
plug	〔plʌg〕	n.	插頭
plum	〔plʌm〕	n.	梅子
pulp	〔pʌlp〕	n.	果肉
rush	〔rʌʃ〕	vi.	倉促行動
rust	〔rʌst〕	vi.	生鏽
shrug	〔ʃrʌg〕	vt.	聳(肩膀)
shrunk	〔ʃrʌŋk〕	vt.	收縮(shrink〔ʃrɪŋk〕的過去式和過去分詞)
shut	〔ʃʌt〕	vt.	關上
skull	〔skʌl〕	n.	頭蓋骨
slum	〔slʌm〕	n.	貧民窟
stuff	〔stʌf〕	n.	材料；東西

單　字	發　音	詞　性	詞　　意
stun	〔stʌn〕	vt.	使驚嚇
suck	〔sʌk〕	vt.	吸
sum	〔sʌm〕	n.	總和
sunk	〔sʌŋk〕	vt.	下沉(sink〔sɪŋk〕的過去分詞)
thumb	〔θʌm〕	n.	大拇指
truck	〔trʌk〕	n.	卡車
tub	〔tʌb〕	n.	浴缸
＊ bull	〔bʊl〕	n.	(未閹割過的)公牛
＊ bush	〔bʊʃ〕	n.	矮樹叢
＊ full	〔fʊl〕	adj.	滿的；吃飽的
＊ pull	〔pʊl〕	vi.	拉
＊ push	〔pʊʃ〕	vt.	推
＊ puss	〔pʊs〕	n.	貓咪
＊ put	〔pʊt〕	vt.	放，擺

六 不讀音：有一個讀音規則

> b 或 g＋u＋母音字母(或 y)時，u 不讀音 ❻

(一) b＋u

單　字	發　音	詞　性	詞　　意
build	〔bɪld〕	vt.	建造
built	〔bɪlt〕	vt.	build〔bɪld〕的過去式和過去分詞
buoy	〔bɔɪ〕	n.	浮標
buy	〔baɪ〕	vt.	買

(二) g＋u

單　字	發　音	詞　性	詞　　意
guard	〔gɑrd〕	n.	警衛
guess	〔gɛs〕	vt.	猜測

---

❻ 這個讀音規則有點複雜，因為它包括兩種情形：其一是，單字中第一個母音字母 u 不讀音；其二是，眞正讀母音的是 u 之後的母音字母。至於此時 u 之後的母音字母讀什麼母音，則都是按照其各自的讀音規則來決定。譬如，buy 和 guilt 這兩個單字中，u 既然不讀音，等於我們可以把它們視爲 by 和 gilt 這兩個字。那麼，by 和 gilt 中的 y 和 i 分別讀什麼音，則只要參閱它們各自的讀音規則，即得知是讀〔aɪ〕和〔ɪ〕。同樣的道理，也適用於此一規則中其它例證裏母音字母的讀音。

單　字	發　音	詞　性	詞　意
guest	〔gɛst〕	n.	客人
guide	〔gaɪd〕	n.	嚮導
guile	〔gaɪl〕	n.	狡猾
guilt	〔gɪlt〕	n.	罪惡
guise	〔gaɪz〕	n.	喬裝的外貌
guy	〔gaɪ〕	n.	男人，傢伙

七 讀〔w〕：有一個讀音規則

q＋u 時，u 讀子音〔w〕 ❼ (2)

單　字	發　音	詞　性	詞　意
quack	〔kwæk〕	n.	鴨叫聲
quake	〔kwek〕	n.	地震
quart	〔kwɔrt〕	n.	一夸脫(四分之一加侖)
queen	〔kwin〕	n.	王后
queer	〔kwɪr〕	adj.	奇怪的
quell	〔kwɛl〕	vt.	壓制
quench	〔kwɛntʃ〕	vt.	解(渴)

---

❼ 在此規則中，u 既然是讀子音〔w〕，所以真正讀母音的，是 u 之後的母音字
　母。此時 u 之後的母音字母讀什麼母音，也是用和註 6 同樣的方式來決定。

單　字	發　音	詞　性	詞　意
quest	〔kwɛst〕	vt.	探尋
quick	〔kwɪk〕	adj.	快速的
quilt	〔kwɪlt〕	n.	棉被
quit	〔kwɪt〕	vt.	辭職
quite	〔kwaɪt〕	adv.	相當地
quiz	〔kwɪz〕	n.	小考
quote	〔kwot〕	vt.	引述
squad	〔skwɑd〕	n.	(軍、警)小隊
squash	〔skwɑʃ〕	vt.	壓扁
squat	〔skwɑt〕	vi.	蹲下
＊ quay	〔ki〕	n.	防波堤
＊ queue	〔kju〕	n.	(排隊的)長龍

● u 的母音字母(組合)，其讀音無規則可循的個別例子

單　字	發　音	詞　性	詞　意
bulge	〔bʌldʒ〕	vi.	膨脹
flu	〔flu〕	n.	流行性感冒
pulse	〔pʌls〕	n.	脈搏

第二部份

子音字母（組合）的讀音和讀音規則

🔍 第二部份　子音字母（組合）的讀音和讀音規則

　　單音節單字的發音中，讀子音的，絕大多數是單字中子音字母的讀音。本書所指的子音子母，有以下兩種組合：

一　只有一個子音字母，亦即二十一個個別的子音字母。

二　由兩個子音字母組合而成，包括 ch, dr, gh, ng, ph, sh, th, tr, 和 wh，共有九個。

　　本書對這三十個子音字母(組合)之讀音規則所設定的標準，是以下列三個條件為依據：

一　一個子音字母(組合)，出現在任何(單音節)單字中都只有一種讀音時，即算是一個讀音規則；

二　一個子音字母(組合)，若有兩種(含)以上的讀音，而其中的一種、兩種或各種讀音，只有在該字母出現於一個或某幾個特定單字中才讀此音時，都算是一個讀音規則；

三　一個適用於三個以上單字的讀音規則，允許有例外的情形。

　　子音字母(組合)中，少數只有一種讀音，多數有兩種或兩種以上的讀音。一個子音字母(組合)，若有一種以上的讀音，本書在介紹其讀音規則時的先後次序，都是遵循以下的原則：

一　若有不讀音的情形(通常佔最少數)，先介紹。

二　某一種讀音佔少數時，後介紹。

三　某一種讀音佔最大多數時，最後介紹。

但也有一個例子是，不讀音的情形佔最大多數，則當然是最後介紹。

　　此外，有一些子音字母，當出現在特定的組合和位置時，其讀音和讀音規則，大多數都具特殊性，其中一個則是變化多端。故本書第二部份，分別將出現這種情況的子音字母，放在獨立的單元裏加以介紹。這樣的情況有六種，它們是：

一　ge 出現在字首，
二　ge 出現在字尾，
三　gi 出現在字首，
四　gu＋母音字母(或 y)出現在字首，
五　se 出現在字尾，
六　同一個子音字母重覆出現在字尾。

　　本書在第一部份所介紹的母音字母(組合)之讀音和讀音規則，其中有許多是，母音字母 a , e , i , o , 或 u，和後面的子音字母 r, w, 或 y 合起來讀某一種母音的情形。這一部份在談到 r, w, 和 y 的讀音和讀音規則時，並不包含上述的情形。

　　本書是以從 b 到 z 的先後次序，一一介紹各個子音字母(組合)的各種讀音及其讀音規則。只有最後一個讀音規則，是唯一的例外。再者，子音字母(組合)的各個讀音規則，其適用的單字，若只在十個以內，本書會盡可能將它們全部列舉出來；其餘的，爲了節省篇幅，本書爲它們所列舉的單字，以十五個以內爲原則。

Phonics

子音字母(組合)的讀音和讀音規則

一 b

1. b 有兩種讀音：不讀音和〔b〕

2. b 的讀音規則：

(一) | m＋b 或 b＋t 時，b 不讀音 |

單　字	發　音	詞　性	詞　意
bomb	〔bɑm〕	n.	炸彈
climb	〔klaɪm〕	vt.	爬
comb	〔kom〕	n.	梳子
dumb	〔dʌm〕	adj.	啞的
limb	〔lɪm〕	n.	四肢
numb	〔nʌm〕	adj.	麻痺的
thumb	〔θʌm〕	n.	大姆指
tomb	〔tum〕	n.	墳墓
womb	〔wum〕	n.	子宮
debt	〔dɛt〕	n.	債務
doubt	〔daʊt〕	n.	懷疑

(二) b 在其他情形都讀〔b〕

單　字	發　音	詞　性	詞　意
badge	〔bædʒ〕	n.	徽章
bald	〔bɔld〕	adj.	禿頭的
band	〔bænd〕	n.	樂團
bench	〔bɛntʃ〕	n.	長板凳
blink	〔blɪŋk〕	vi.	眨眼
brush	〔brʌʃ〕	n.	刷子
bulb	〔bʌlb〕	n.	電燈泡；球莖
curb	〔kɝb〕	vt.	遏制
grab	〔græb〕	vt.	抓住
pub	〔pʌb〕	n.	夜店
rob	〔rɑb〕	vt.	搶劫
rub	〔rʌb〕	vt.	摩擦
stab	〔stæb〕	vt.	刺，戳
web	〔wɛb〕	n.	蜘蛛網；網路

⊜ c

1. c 有三種讀音：不讀音,〔s〕和〔k〕

2. c 的讀音規則：

(一) | s＋c 出現在字首，或 c＋k 出現在字尾時，c 不讀音 |

單 字	發 音	詞 性	詞 意
scene	〔sin〕	n.	場景，情景
scent	〔sɛnt〕	n.	氣味
schwa	〔ʃwɑ〕	n.	弱母音〔ə〕
black	〔blæk〕	adj.	黑色的
clock	〔klɑk〕	n.	時鐘
crack	〔kræk〕	vt.	敲碎
flock	〔flɑk〕	vi.	聚集
luck	〔lʌk〕	n.	幸運
neck	〔nɛk〕	n.	頸子
pack	〔pæk〕	vt.	打包
pick	〔pɪk〕	vt.	採、摘
prick	〔prɪk〕	vt.	刺、戳
quack	〔kwæk〕	n.	鴨叫聲
rock	〔rɑk〕	n.	石塊

單　字	發　音	詞　性	詞　　意
sock	〔sɑk〕	n.	短襪
suck	〔sʌk〕	vt.	吸吮
thick	〔θɪk〕	adj.	很厚的

(二) c＋e 或 i 時，c 讀〔s〕

單　字	發　音	詞　性	詞　　意
cell	〔sɛl〕	n.	細胞
cent	〔sɛnt〕	n.	(一)分錢
dice	〔daɪs〕	n.	骰子
face	〔fes〕	n.	臉
force	〔fɔrs〕	n.	力量；暴力
lace	〔les〕	n.	蕾絲花邊
nice	〔naɪs〕	adj.	不錯
pace	〔pes〕	n.	步伐
prince	〔prɪns〕	n.	王子
race	〔res〕	n.	比賽
rice	〔raɪs〕	n.	米
sauce	〔sɔs〕	n.	醬油
truce	〔trus〕	n.	停戰
cinch	〔sɪntʃ〕	n.	有把握之事
cite	〔saɪt〕	vt.	引証

(三) ｃ 在其他情形都讀〔k〕

單　字	發　音	詞　性	詞　意
case	〔kes〕	n.	案例
cave	〔kev〕	n.	山洞
clean	〔klin〕	adj.	乾淨的
clerk	〔klɝk〕	n.	店員
coast	〔kost〕	n.	海岸
cost	〔kɔst〕	n.	成本
crab	〔kræb〕	n.	螃蟹
cute	〔kjut〕	adj.	可愛的
act	〔ækt〕	n.	行為
fact	〔fækt〕	n.	事實
pact	〔pækt〕	n.	協定
bloc	〔blɑk〕	n.	團體；聯盟
chic	〔ʃik〕	adj.	時髦標緻的
mic	〔maɪk〕	n.	擴音器；麥克風
zinc	〔zɪŋk〕	n.	鋅

三 ch

1. ch 有四種讀音：不讀音,〔ʃ〕,〔k〕和〔tʃ〕

2. ch 的讀音規則：

(一) 只在一個特定單字中不讀音

單　字	發　音	詞　性	詞　意
yacht	〔jɑt〕	n.	遊艇

(二) 在三個特定單字中讀〔ʃ〕

單　字	發　音	詞　性	詞　意
chef	〔ʃɛf〕	n.	廚師
chic	〔ʃik〕	adj.	時髦標緻的
chute	〔ʃut〕	n.	降落傘

(三) 在六個特定單字中讀〔k〕

單　字	發　音	詞　性	詞　意
choir	〔kwaɪr〕	n.	合唱團
chord	〔kɔrd〕	n.	弦
Chris	〔krɪs〕	n.	男子名
Christ	〔kraɪst〕	n.	基督

單　字	發　音	詞　性	詞　意
scheme	〔skim〕	n.	計謀
school	〔skul〕	n.	學校
ache	〔ek〕	n.	疼痛

(四) 在其他單字中都讀〔tʃ〕

單　字	發　音	詞　性	詞　意
change	〔tʃendʒ〕	n.	改變
chat	〔tʃæt〕	vi.	聊天
cheap	〔tʃip〕	adj.	便宜的
cheat	〔tʃit〕	vt.	欺騙
check	〔tʃɛk〕	n.	支票
chin	〔tʃɪn〕	n.	下巴
choice	〔tʃɔɪs〕	n.	選擇
church	〔tʃɝtʃ〕	n.	教堂
beach	〔bitʃ〕	n.	海灘
coach	〔kotʃ〕	n.	教練
reach	〔ritʃ〕	vt.	達到
scratch	〔skrætʃ〕	vt.	抓；刮損
search	〔sɝtʃ〕	vt.	搜尋
teach	〔titʃ〕	vt.	教

四 d

1. d 有兩種讀音：不讀音和〔d〕

2. d 的讀音規則：

(一) | d＋ge 時，d 不讀音 |

單　字	發　音	詞　性	詞　意
badge	〔bædʒ〕	n.	徽章
bridge	〔brɪdʒ〕	n.	橋樑
dodge	〔dɑdʒ〕	vi.	閃避
edge	〔ɛdʒ〕	n.	邊緣
fridge	〔frɪdʒ〕	n.	電冰箱
grudge	〔grʌdʒ〕	n.	怨恨
hedge	〔hɛdʒ〕	n.	樹籬
judge	〔dʒʌdʒ〕	n.	法官
lodge	〔lɑdʒ〕	vi	住宿
pledge	〔plɛdʒ〕	n.	保証
ridge	〔rɪdʒ〕	n.	山脊
sledge	〔slɛdʒ〕	n.	雪橇

(二) d 在其他情形都讀〔d〕

單　字	發　音	詞　性	詞　意
damp	〔dæmp〕	adj.	溼的
deaf	〔dɛf〕	adj.	聾的
deft	〔dɛft〕	adj.	靈巧的
dense	〔dɛns〕	adj.	濃密的
disk	〔dɪsk〕	n.	圓盤；唱片
dust	〔dʌst〕	n.	灰塵
chord	〔kɔrd〕	n.	弦
cord	〔kɔrd〕	n.	電線
mud	〔mʌd〕	n.	泥巴
plead	〔plid〕	vi.	懇求
shrewd	〔ʃrud〕	adj.	機敏的
toad	〔tod〕	n.	癩蛤蟆
weird	〔wɪrd〕	adj.	怪異的
yard	〔jɑrd〕	n.	院子

五 dr

dr 在任何情況下都讀〔dr〕

單　字	發　音	詞　性	詞　意
draft	〔dræft〕	n.	草稿
drag	〔dræg〕	vt.	用力拖
drain	〔dren〕	n.	排水溝
dream	〔drim〕	n.	夢想
drift	〔drɪft〕	vi.	漂流
drill	〔drɪl〕	n.	訓練
drip	〔drɪp〕	vi.	滴下
drive	〔draɪv〕	vt.	駕駛
drop	〔drɑp〕	vt.	丟下
drought	〔draʊt〕	n.	乾旱
drown	〔draʊn〕	vi.	溺死
drudge	〔drʌdʒ〕	vi.	忙碌地工作
drug	〔drʌg〕	n.	藥品
drum	〔drʌm〕	n.	鼓

六 f

1. f 有兩種讀音：〔v〕和〔f〕

2. f 的讀音規則：

(一) 只在一個特定單字中讀〔v〕

單 字	發 音	詞 性	詞 意
of	〔əv〕	prep.	屬於...的

(二) 在其他單字中都讀〔f〕

單 字	發 音	詞 性	詞 意
faint	〔fent〕	vi.	昏倒
fake	〔fek〕	n.	假貨
fate	〔fet〕	n.	命運
fault	〔fɔlt〕	n.	過失
feast	〔fist〕	n.	宴會
field	〔fild〕	n.	田地
film	〔fɪlm〕	n.	影片
drift	〔drɪft〕	vi.	漂流
gift	〔gɪft〕	n.	禮物
gulf	〔gʌlf〕	n.	海灣

單　字	發　音	詞　性	詞　意
raft	〔ræft〕	n.	筏
swift	〔swɪft〕	adj.	急速的
theft	〔θɛft〕	n.	竊盜罪
thrift	〔θrɪft〕	n.	節儉
chef	〔ʃɛf〕	n.	廚師

七 g

1. g 有兩種讀音：不讀音和〔g〕

2. g 的讀音規則：

(一) g＋n 時，g 不讀音

單　字	發　音	詞　性	詞　意
gnarl	〔nɑrl〕	n.	(樹木的)節，瘤
gnash	〔næʃ〕	vi.	咬牙切齒
gnat	〔næt〕	n.	蚋(會咬人的有翅小蟲)
gnaw	〔nɔ〕	vt.	咬(斷)
feign	〔fen〕	vt.	假裝
reign	〔ren〕	vi.	統治
sign	〔saɪn〕	n.	標記

(二) g 在其它情形都讀〔g〕

單　字	發　音	詞　性	詞　意
gaze	〔gez〕	vi.	凝視
globe	〔glob〕	n.	地球
goat	〔got〕	n.	山羊
goose	〔gus〕	n.	鵝
grasp	〔græsp〕	vt.	抓緊
great	〔gret〕	adj.	偉大的
guard	〔gɑrd〕	n.	警衛
guess	〔gɛs〕	vt.	猜測
guest	〔gɛst〕	n.	客人
guy	〔gaɪ〕	n.	男人，傢伙
bag	〔bæg〕	n.	袋子
drag	〔dræg〕	vt.	用力拖
flag	〔flæg〕	n.	旗子
Hague	〔heg〕	n.	海牙(荷蘭的一個城市，國際法庭所在地)
hug	〔hʌg〕	n.	擁抱
league	〔lig〕	n.	同盟
plague	〔pleg〕	n.	瘟疫
plug	〔plʌg〕	n.	插頭
rogue	〔rog〕	n.	惡棍、流氓

單　字	發　音	詞　性	詞　意
vague	〔veg〕	adj.	模糊的
vogue	〔vog〕	n.	時髦

八 ge 出現在字首

1. ge 出現在字首時，g 有兩種讀音：〔g〕和〔dʒ〕

2. ge 出現在字首時，g 的讀音規則：

(一) 只在一個特定單字中讀〔g〕

單　字	發　音	詞　性	詞　意
get	〔gɛt〕	vt.	得到

(二) 在其他單字中都讀〔dʒ〕

單　字	發　音	詞　性	詞　意
gel	〔dʒɛl〕	n.	凝膠
gem	〔dʒɛm〕	n.	珠寶
gene	〔dʒin〕	n.	基因
germ	〔dʒɝm〕	n.	細菌

九 ge 出現在字尾

1. ge 出現在字尾時，g 有兩種讀音：〔ʒ〕和〔dʒ〕

2. ge 出現在字尾時，g 的讀音規則：

(一) 只在一個特定單字中讀〔ʒ〕

單　字	發　音	詞　性	詞　意
rouge	〔ruʒ〕	n.	胭脂

(二) 在其他單字中都讀〔dʒ〕

單　字	發　音	詞　性	詞　意
cage	〔kedʒ〕	n.	籠子
change	〔tʃendʒ〕	n.	改變
edge	〔ɛdʒ〕	n.	邊緣
gorge	〔gɔrdʒ〕	vt.	狼吞虎嚥
huge	〔hjudʒ〕	n.	巨大的
judge	〔dʒʌdʒ〕	n.	法官
large	〔lardʒ〕	adj.	大的
page	〔pedʒ〕	n.	頁數
rage	〔redʒ〕	n.	憤怒
range	〔rendʒ〕	n.	範圍

單　字	發　音	詞　性	詞　意
sponge	〔spʌndʒ〕	n.	海綿
stage	〔stedʒ〕	n.	舞台
surge	〔sɝdʒ〕	vi.	遽增；波濤洶湧
urge	〔ɝdʒ〕	vt.	催促
verge	〔vɝdʒ〕	n.	邊緣

十 gi 出現在字首

1. gi 出現在字首時，g 有兩種讀音：〔dʒ〕和〔g〕

2. gi 出現在字首時，g 的讀音規則：

(一) 只在三個特定單字中讀〔dʒ〕

單　字	發　音	詞　性	詞　意
gin	〔dʒɪn〕	n.	琴酒
gink	〔dʒɪŋk〕	n.	怪人
gist	〔dʒɪst〕	n.	(論文等的)要點

(二) 只在五個特定單字中讀〔g〕

單　字	發　音	詞　性	詞　意
gift	〔gɪft〕	n.	禮物

單　字	發　音	詞　性	詞　意
gild	〔gɪld〕	vt.	鍍金
gilt	〔gɪlt〕	adj.	鍍金的
girl	〔gɝl〕	n.	女孩
give	〔gɪv〕	vt.	給

十一 gu＋母音字母(或 y)出現在字首

gu＋母音字母(或 y)出現在字首時，g 都讀〔g〕

單　字	發　音	詞　性	詞　意
guard	〔gɑrd〕	n.	警衛
guess	〔gɛs〕	vt.	猜測
guest	〔gɛst〕	n.	客人
guide	〔gaɪd〕	n.	指南
guile	〔gaɪl〕	n.	狡猾
guilt	〔gɪlt〕	n.	犯罪行為
guise	〔gaɪz〕	n.	喬裝的外貌
guy	〔gaɪ〕	n.	男人，傢伙

▷附加說明◁ gu＋母音字母出現在字首時，u 不讀音的情形，請詳見第一
部份第伍大單元母音字母 u 的讀音規則。

Phonics

 gh

1. gh 有三種讀音：〔g〕，〔f〕和不讀音

2. gh 的讀音規則：

(一) | gh 出現在字首時，gh 讀〔g〕 |

單　字	發　音	詞　性	詞　意
ghost	〔gost〕	n.	鬼魂
ghoul	〔gul〕	n.	令人憎懼的人

(二) | gh 出現在字尾時，在五個特定單字中讀〔f〕，在六個特定單字中不讀音 |

(1) gh 讀〔f〕

單　字	發　音	詞　性	詞　意
cough	〔kɔf〕	vi.	咳嗽
laugh	〔læf〕	vi.	大笑
rough	〔rʌf〕	adj.	粗糙的
tough	〔tʌf〕	adj.	強悍的
trough	〔trɔf〕	n.	(生畜飲水用的)水槽

(2) gh 不讀音

單　字	發　音	詞　性	詞　意
dough	〔do〕	n.	麵團
high	〔haɪ〕	adj.	高的
sigh	〔saɪ〕	n.	嘆息
thigh	〔θaɪ〕	n.	大腿
though	〔ðo〕	conj.	雖然
through	〔θru〕	adv.	經由

(三) 字尾為 gh＋t 時，gh 都不讀音

單　字	發　音	詞　性	詞　意
bought	〔bɔt〕	vt.	買(buy〔baɪ〕的過去式和過去分詞)
brought	〔brɔt〕	vt.	帶來(bring〔brɪŋ〕的過去式和過去分詞)
drought	〔draʊt〕	n.	乾旱
eight	〔et〕	n.	八
flight	〔flaɪt〕	n.	飛行
freight	〔fret〕	n.	船貨
height	〔haɪt〕	n.	高度
plight	〔plaɪt〕	n.	困境

單　字	發　音	詞　性	詞　意
sought	〔sɔt〕	vt.	尋找(seek〔sik〕的過去式和過去分詞)
straight	〔stret〕	adj.	直的
tight	〔taɪt〕	adj.	緊的
weight	〔wet〕	n.	重量

 十三 h

1. h 有兩種讀音：不讀音和〔h〕

2. h 的讀音規則：

(一) 只在三個特定單字中不讀音

單　字	發　音	詞　性	詞　意
heir	〔ɛr〕	n.	繼承人
hour	〔aʊr〕	n.	(一)小時
rhyme	〔raɪm〕	n.	押韻

(二) 在其他單字中都讀〔h〕

單　字	發　音	詞　性	詞　意
hack	〔hæk〕	vt.	亂砍；劈

單　字	發　音	詞　性	詞　意
harsh	〔harʃ〕	adj.	粗暴的
haste	〔hest〕	n.	匆促
hatch	〔hætʃ〕	vt.	孵化
head	〔hɛd〕	n.	頭
heal	〔hil〕	vt.	治療
heat	〔hit〕	n.	熱
heel	〔hil〕	n.	腳後跟
height	〔haɪt〕	n.	高度
hell	〔hɛl〕	n.	地獄
herb	〔hɝb〕	n.	草本
hill	〔hɪl〕	n.	山丘
hint	〔hɪnt〕	n.	暗示
hire	〔haɪr〕	vt.	雇用
hold	〔hold〕	vt.	抓住
host	〔host〕	n.	主人
huge	〔hjudʒ〕	adj.	巨大的
hunch	〔hʌntʃ〕	n.	預感
hymn	〔hɪm〕	n.	讚美詩

十四 j

j 在任何情況下都讀〔dʒ〕

單　字	發　音	詞　性	詞　意
jade	〔dʒed〕	n.	玉
jail	〔dʒel〕	n.	監獄
jam	〔dʒæm〕	n.	擁擠
jar	〔dʒɑr〕	n.	壺、缸
jaw	〔dʒɔ〕	n.	下巴
jazz	〔dʒæz〕	n.	爵士樂
jeep	〔dʒip〕	n.	吉普車
jeer	〔dʒɪr〕	n.	嘲笑
jet	〔dʒɛt〕	n.	噴射機
jog	〔dʒɑg〕	vi.	慢跑
joint	〔dʒɔɪnt〕	n.	關節
joke	〔dʒok〕	n.	玩笑，笑話
jolt	〔dʒolt〕	vt.	使搖動；使震驚
jot	〔dʒɑt〕	vt.	草草記下
joy	〔dʒɔɪ〕	n.	喜樂
judge	〔dʒʌdʒ〕	n.	法官
juice	〔dʒus〕	n.	(蔬菜水果等的)汁

單　字	發　音	詞　性	詞　意
jump	〔dʒʌmp〕	vi.	跳躍
junk	〔dʒʌŋk〕	n.	廢物
just	〔dʒʌst〕	adj.	公正的

十五 k

1. k 有兩種讀音：不讀音和〔k〕

2. k 的讀音規則：

(一) k＋n 時，k 不讀音

單　字	發　音	詞　性	詞　意
knee	〔ni〕	n.	膝蓋
kneel	〔nil〕	vi.	跪下
knife	〔naɪf〕	n.	刀子
knight	〔naɪt〕	n.	武士
knit	〔nɪt〕	vt.	編織
knob	〔nɑb〕	n.	(門的)圓形把手
knock	〔nɑk〕	vt.	敲(門)
knot	〔nɑt〕	n.	結；裝飾用的彩結
know	〔no〕	vt.	知道

(二) k 在其他情形都讀〔k〕

單 字	發 音	詞 性	詞 意
keen	〔kin〕	adj.	敏捷的
key	〔ki〕	n.	鑰匙
kid	〔kɪd〕	n.	小孩
kin	〔kɪn〕	n.	家族；親戚
kind	〔kaɪnd〕	adj.	仁慈的
kiss	〔kɪs〕	vt.	接吻
kite	〔kaɪt〕	n.	風箏
cook	〔kʊk〕	n.	廚師
ink	〔ɪŋk〕	n.	墨汁
lake	〔lek〕	n.	湖泊
mask	〔mæsk〕	n.	面具
milk	〔mɪlk〕	n.	牛奶
peak	〔pik〕	n.	山頂，巔峰狀態
seek	〔sik〕	vt.	尋求
speak	〔spik〕	vt.	說話

十六 l

1. l 有兩種讀音：不讀音和〔l〕

2. l 的讀音規則：

(一) l＋k 時，l 不讀音

單 字	發 音	詞 性	詞 意
balk	〔bɔk〕	vt.	阻礙
stalk	〔stɔk〕	n.	莖，梗
talk	〔tɔk〕	vi.	聊天
walk	〔wɔk〕	vi.	走路
yolk	〔jok〕	n.	蛋黃

(二) l＋m 時，l 不讀音

單 字	發 音	詞 性	詞 意
alms	〔amz〕	n.	救濟金(品)
balm	〔bam〕	n.	香油
calm	〔kam〕	adj.	冷靜的
palm	〔pam〕	n.	手掌
psalm	〔sam〕	n.	讚美詩
qualm	〔kwam〕	n.	(良心的)責備

(三) l 在 ould 中不讀音

單　字	發　音	詞　性	詞　意
could	〔kʊd〕	aux.	能夠(can〔kæn〕的過去式)
should	〔ʃʊd〕	aux.	應該
would	〔wʊd〕	aux.	將會(will〔wɪl〕的過去式)

(四) l 在其他情形都讀〔l〕

單　字	發　音	詞　性	詞　意
lack	〔læk〕	vt.	缺乏
lamb	〔læm〕	n.	小羊
launch	〔lɑʊntʃ〕	vt.	發射
leak	〔lik〕	n.	漏洞
lick	〔lɪk〕	vt.	舐
lose	〔luz〕	vi.	輸了
loud	〔lɑʊd〕	adj.	大聲的
lure	〔ljʊr〕	vt.	引誘
bulb	〔bʌlb〕	n.	燈泡
field	〔fild〕	n.	田地
melt	〔mɛlt〕	vi.	溶解
pale	〔pel〕	adj.	蒼白的
plunge	〔plʌndʒ〕	vt.	投入(行動)

單　字	發　音	詞　性	詞　意
pulse	〔pʌls〕	n.	脈搏
realm	〔rɛlm〕	n.	領域
rule	〔rul〕	n.	規則
bill	〔bɪl〕	n.	帳單
foul	〔faʊl〕	adj.	污穢的
mail	〔mel〕	n.	郵件
veil	〔vel〕	n.	面紗

 十七 m

m 在任何情況下都讀〔m〕

單　字	發　音	詞　性	詞　意
mask	〔mæsk〕	n.	面具
mean	〔min〕	adj.	刻薄的
mend	〔mɛnd〕	vt.	修補
mess	〔mɛs〕	n.	一團糟
mist	〔mɪst〕	n.	霧
moon	〔mun〕	n.	月亮
fame	〔fem〕	n.	名聲
film	〔fɪlm〕	n.	影片

單　字	發　音	詞　性	詞　意
rim	〔rɪm〕	n.	邊緣
shame	〔ʃem〕	n.	羞恥
shrimp	〔ʃrɪmp〕	n.	蝦子
smell	〔smɛl〕	n.	味道
team	〔tim〕	n.	隊伍
tempt	〔tɛmpt〕	vt.	引誘

十八 n

1. n 有三種讀音：不讀音,〔ŋ〕, 和〔n〕

2. n 的讀音規則：

(一) m＋n 時，n 不讀音

單　字	發　音	詞　性	詞　意
damn	〔dæm〕	vi.	咒罵
hymn	〔hɪm〕	n.	聖歌

(二) n＋k 時，n 讀〔ŋ〕

單　字	發　音	詞　性	詞　意
bank	〔bæŋk〕	n.	銀行
blank	〔blæŋk〕	n.	空白的地方
dank	〔dæŋk〕	adj.	潮溼的
honk	〔hɑŋk〕	n.	汽車喇叭聲
ink	〔ɪŋk〕	n.	墨水
junk	〔dʒʌŋk〕	n.	不值錢的東西
link	〔lɪŋk〕	vt.	連結
monk	〔mʌŋk〕	n.	和尚
pink	〔pɪŋk〕	adj.	粉紅色
sink	〔sɪŋk〕	vi.	下沈
tank	〔tæŋk〕	n.	大水槽
think	〔θɪŋk〕	vi.	思考

(三) n 在其他情形都讀〔n〕

單　字	發　音	詞　性	詞　意
nag	〔næg〕	vi.	嘮叨
nail	〔nel〕	n.	指甲
nap	〔næp〕	n.	打盹兒，午睡
neck	〔nɛk〕	n.	頸部

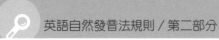

單　字	發　音	詞　性	詞　意
nerve	〔nɜ·v〕	n.	神經
nun	〔nʌn〕	n.	修女；尼姑
nurse	〔nɜ·s〕	n.	護士
knife	〔naɪf〕	n.	刀子
flinch	〔flɪntʃ〕	vi.	畏縮
land	〔lænd〕	n.	土地
rinse	〔rɪns〕	vt.	洗涮
bean	〔bin〕	n.	豆子
chain	〔tʃen〕	n.	鏈條
clean	〔klin〕	adj.	乾淨的
grain	〔gren〕	n.	穀物

十九 ng

1. ng 有兩種讀音：〔ŋ(k)〕和〔ŋ〕

2. ng 的讀音規則：

(一) 只在兩個特定單字中讀〔ŋ(k)〕

單　字	發　音	詞　性	詞　意
strength	〔strɛŋ(k)θ〕	n.	力量

單　字	發　音	詞　性	詞　意
length	〔lɛŋ(k)θ〕	n.	長度

(二) 在其它單字中都讀〔ŋ〕

單　字	發　音	詞　性	詞　意
bang	〔bæŋ〕	vi.	重打
bring	〔brɪŋ〕	vt.	攜帶
cling	〔klɪŋ〕	vi.	黏住
fling	〔flɪŋ〕	vt.	投，投進
gang	〔gæŋ〕	n.	幫派
hang	〔hæŋ〕	vt.	處以絞刑
king	〔kɪŋ〕	n.	國王
long	〔lɔŋ〕	adj.	長的
lung	〔lʌŋ〕	n.	肺
sing	〔sɪŋ〕	vt.	唱(歌)
slang	〔slæŋ〕	n.	俚語
song	〔sɔŋ〕	n.	歌
tongue	〔tʌŋ〕	n.	舌頭
wrong	〔rɔŋ〕	adj.	錯誤的

補充說明　字尾為 ng+e 時，ng 已不再是一個子音字母組合，而是 n 和 g 兩個子音字母；此時 n 和 g 分別讀什麼音，則按照它們各自的讀音規則來決定。如：

單　字	發　音	詞　性	詞　　意
change	〔tʃendʒ〕	n.	改變
fringe	〔frɪndʒ〕	n.	邊緣
lounge	〔laundʒ〕	n.	睡椅
plunge	〔plʌndʒ〕	vt.	投入(行動)
range	〔rendʒ〕	n.	範圍
sponge	〔spʌndʒ〕	n.	海綿

 p

1. p 有兩種讀音：不讀音和〔p〕

2. p 的讀音規則：

(一) 只有在三個特定單字中不讀音

單　字	發　音	詞　性	詞　　意
psalm	〔sɑm〕	n.	讚美詩
corps	〔kɔr〕	n.	兵團
coup	〔ku〕	n.	政變

(二) 在其他單字中都讀〔p〕

單　字	發　音	詞　性	詞　意
paint	〔pent〕	n.	油漆
palm	〔pɑm〕	n.	手掌
paste	〔pest〕	n.	漿糊
plug	〔plʌg〕	n.	插頭
pray	〔pre〕	vi.	禱告
prince	〔prɪns〕	n.	王子
prompt	〔prɑmpt〕	adj.	立即的
pump	〔pʌmp〕	n.	泵、幫浦
pure	〔pjʊr〕	adj.	純潔的
grape	〔grep〕	n.	葡萄柚
slope	〔slop〕	n.	斜坡
gulp	〔gʌlp〕	vt.	牛飲
jump	〔dʒʌmp〕	vi.	跳起
lamp	〔læmp〕	n.	(桌、路)燈
lip	〔lɪp〕	n.	嘴唇
map	〔mæp〕	n.	地圖
mop	〔mɑp〕	n.	拖把
sharp	〔ʃɑrp〕	adj.	尖的；敏銳的

 ph

ph 在任何情況下都讀〔f〕

單　字	發　音	詞　性	詞　意
phase	〔fez〕	n.	階段
Phil	〔fɪl〕	n.	男子名
phone	〔fon〕	n.	電話
phrase	〔frez〕	n.	片語
graph	〔græf〕	n.	圖表
nymph	〔nɪmf〕	n.	(神話中)居住在森林裏、河邊或海邊的女神

二十二 q

q 在任何情況下都讀〔k〕

單　字	發　音	詞　性	詞　意
quack	〔kwæk〕	n.	鴨叫聲
quake	〔kwek〕	n.	地震
queen	〔kwin〕	n.	女王
queer	〔kwɪr〕	adj.	奇怪的
quell	〔kwɛl〕	vt.	壓制

單　字	發　音	詞　性	詞　意
quench	〔kwɛntʃ〕	vt.	解(渴)
quest	〔kwɛst〕	vt.	探尋
quick	〔kwɪk〕	adj.	快速的
quilt	〔kwɪlt〕	n.	棉被
quiz	〔kwɪz〕	n.	小考
quote	〔kwot〕	vi.	引述
mosque	〔mɑsk〕	n.	回教的清真寺
pique	〔pik〕	n.	嘔氣
plaque	〔plæk〕	n.	匾
squad	〔skwɑd〕	n.	(軍、警)小隊

請注意：本書在介紹 g 的讀音時曾指出，gue 出現在字尾時，ue 不讀
　　　　音。同樣的 que 出現在字尾時，ue 也不讀音。

 二十三 r

　r 在任何情況下都讀〔r〕

單　字	發　音	詞　性	詞　意
race	〔res〕	n.	種族
rain	〔ren〕	n.	雨水
raise	〔rez〕	vt.	養育

單　字	發　音	詞　性	詞　意
rent	〔rɛnt〕	n.	房租
right	〔raɪt〕	adj.	正確的
ring	〔rɪŋ〕	n.	戒指
roar	〔rɔr〕	vi.	吼叫
press	〔prɛs〕	vt.	壓，擠
fierce	〔fɪrs〕	adj.	凶猛的
lord	〔lɔrd〕	n.	主人
clear	〔klɪr〕	adj.	清楚的
fair	〔fɛr〕	adj.	公平的
fear	〔fɪr〕	n.	恐懼
sour	〔saʊr〕	adj.	酸的

二十四 s

1. s 有四種讀音：〔ʃ〕,不讀音,〔z〕和〔s〕

2. s 的讀音規則：

(一) 在一個特定單字中讀〔ʃ〕

單　字	發　音	詞　性	詞　意
sure	〔ʃʊr〕	adj.	確定的

(二) 在三個特定單字中不讀音

單　字	發　音	詞　性	詞　意
aisle	〔aɪl〕	n.	(座位之間的)走道
corps	〔kɔr〕	n.	兵團；工作團
isle	〔aɪl〕	n.	很小的島

(三) 出現在字尾時，在六個特定單字中讀〔z〕，在其他單字中讀〔s〕

(1) 讀〔z〕

單　字	發　音	詞　性	詞　意
is	〔ɪz〕		be 動詞的第三人稱單數現在式
as	〔æz〕	prep.	當作
has	〔hæz〕		動詞 have〔hæv〕的第三人稱單數現在式
his	〔hɪz〕	pron.	他的
lens	〔lɛnz〕	n.	鏡片
was	〔wɑz〕		be 動詞兩種過去式中的一種

(2) 讀〔s〕

單　字	發　音	詞　性	詞　意
bus	〔bʌs〕	n.	公車
Chris	〔krɪs〕	n.	男子名
gas	〔gæs〕	n.	瓦斯
plus	〔plʌs〕	prep.	加上
this	〔ðɪs〕	pron.	這個
thus	〔ðʌs〕	adv.	如此
us	〔ʌs〕	pron.	我們
yes	〔jɛs〕	adv.	是的

(四) 在字首或字中時讀〔s〕

(1) s 出現在字首

單　字	發　音	詞　性	詞　意
safe	〔sef〕	adj.	安全的
scan	〔skæn〕	vt.	掃描
seed	〔sid〕	n.	種籽
skin	〔skɪn〕	n.	皮膚
skirt	〔skɝt〕	n.	裙子
slang	〔slæŋ〕	n.	俚語
sleep	〔slip〕	vi.	睡覺

單　字	發　音	詞　性	詞　意
snack	〔snæk〕	n.	點心
sniff	〔snɪf〕	vt.	用鼻子聞
soft	〔sɔft〕	adj.	柔軟的
sound	〔saʊnd〕	n.	聲音
speed	〔spid〕	n.	速度
spit	〔spɪt〕	vt.	吐痰
stamp	〔stæmp〕	n.	郵票
stiff	〔stɪf〕	adj.	僵硬的

(2) s 在字中

單　字	發　音	詞　性	詞　意
ask	〔æsk〕	vt.	詢問
chest	〔tʃɛst〕	n.	胸部
clasp	〔klæsp〕	vt.	緊緊抱住
fast	〔fæst〕	adj.	快速的
gist	〔dʒɪst〕	n.	(論文等的)要點
grasp	〔græsp〕	vt.	緊緊抓住
last	〔læst〕	adj.	最後的
mask	〔mæsk〕	n.	面具
nest	〔nɛst〕	n.	鳥巢
rest	〔rɛst〕	n.	休息

單 字	發 音	詞 性	詞 意
roast	〔rost〕	vt.	烘烤
task	〔tæsk〕	n.	職務
vest	〔vɛst〕	n.	背心
wasp	〔wɑsp〕	n.	黃蜂

二十五 se 出現在字尾

1. se 出現在字尾時，s 有兩種讀音：〔s〕和〔z〕

2. se 出現在字尾時，s 的讀音規則：

(一) se 之前為子音字母時，s 讀〔s〕

單 字	發 音	詞 性	詞 意
curse	〔kɝs〕	n.	詛咒
cleanse	〔klins〕	vt.	洗乾淨；淨化
course	〔kɔrs〕	n.	課程
false	〔fɔls〕	adj.	假的
glimpse	〔glɪmps〕	n.	一瞥
horse	〔hɔrs〕	n.	馬
lapse	〔læps〕	vi.	(時間)不知不覺過去
pulse	〔pʌls〕	n.	脈搏

單　字	發　音	詞　性	詞　意
rinse	〔rɪns〕	vt.	洗刷
sense	〔sɛns〕	n.	感覺
tense	〔tɛns〕	adj.	(關係)緊張的

(二) a＋se 時，s 在四個特定單字中讀〔s〕，在兩個特定單字中讀〔z〕

　(1) 讀〔s〕

單　字	發　音	詞　性	詞　意
base	〔bes〕	n.	基地
case	〔kes〕	n.	案例
chase	〔tʃes〕	vt.	追趕
vase	〔ves〕	n.	花瓶

　(2) 讀〔z〕

單　字	發　音	詞　性	詞　意
phase	〔fez〕	n.	階段
phrase	〔frez〕	n.	片語

(三) au＋se 時，s 讀〔z〕

單　字	發　音	詞　性	詞　意
cause	〔kɔz〕	n.	原因
clause	〔klɔz〕	n.	條款
pause	〔pɔz〕	vi.	停止

(四) ea＋se 時，s 在四個特定單字中讀〔s〕，在三個特定單字中讀〔z〕

　　(1) 讀〔s〕

單　字	發　音	詞　性	詞　意
cease	〔sis〕	n.	停止
crease	〔kris〕	n.	摺痕
grease	〔gris〕	n.	油脂
lease	〔lis〕	n.	租賃契約

　　(2) 讀〔z〕

單　字	發　音	詞　性	詞　意
ease	〔iz〕	n.	輕鬆
please	〔pliz〕	vi.	請
tease	〔tiz〕	vt.	取笑

(五) (u)i＋se 時，s 讀〔z〕

單　字	發　音	詞　性	詞　意
bruise	〔bruz〕	n.	瘀傷
cruise	〔kruz〕	vi.	在海上巡航
guise	〔gaɪz〕	n.	喬裝的外貌
rise	〔raɪz〕	vi.	升起
wise	〔waɪz〕	adj.	聰明的

(六) o＋se 時，s 讀〔z〕 (2)

單　字	發　音	詞　性	詞　意
close	〔kloz〕	vt.	關閉
hose	〔hoz〕	n.	水管
lose	〔luz〕	vt.	失去
nose	〔noz〕	n.	鼻子
pose	〔poz〕	n.	姿勢
prose	〔proz〕	n.	散文
rose	〔roz〕	n.	玫瑰
those	〔ðoz〕	pron.	那些
whose	〔huz〕	pron.	誰的(who is 的所有格)
＊ close	〔klos〕	adj.	關閉的
＊ dose	〔dos〕	n.	一服(藥劑)

(七) oo＋se 時，s 讀〔s〕 (1)

單　字	發　音	詞　性	詞　意
goose	〔gus〕	n.	鵝
loose	〔lus〕	adj.	鬆弛的
moose	〔mus〕	n.	麋鹿
noose	〔nus〕	n.	套索
＊　choose	〔tʃuz〕	vt.	選擇

(八) ou＋se 時，s 在六個特定單字中讀〔s〕，在兩個特定單字中讀〔z〕

(1) 讀〔s〕

單　字	發　音	詞　性	詞　意
blouse	〔blaʊs〕	n.	女用襯衫
douse	〔daʊs〕	vt.	弄溼
house	〔haʊs〕	n.	房子
louse	〔laʊs〕	n.	蝨子
mouse	〔maʊs〕	n.	老鼠
souse	〔saʊs〕	vt.	浸溼

(2) 讀〔z〕

單　字	發　音	詞　性	詞　意
house	〔haʊz〕	vt.	收容
rouse	〔raʊz〕	vt.	激勵

(九) u＋se 時，s 在兩個特定單字中讀〔s〕，在三個特定單字中讀〔z〕

(1) 讀〔s〕

單　字	發　音	詞　性	詞　意
ruse	〔rus〕	n.	謀略
use	〔jus〕	n.	使用

(2) 讀〔z〕

單　字	發　音	詞　性	詞　意
fuse	〔fjuz〕	n.	保險絲
muse	〔mjuz〕	vi.	沈思
use	〔juz〕	vt.	使用

Phonics

(十) 其他個別的例子

單　字	發　音	詞　性	詞　意
browse	〔brauz〕	vt.	瀏覽書本
cheese	〔tʃiz〕	n.	乳酪
drowse	〔drauz〕	vi.	打瞌睡
geese	〔gis〕	n.	鵝(goose〔gus〕的複數)
noise	〔nɔɪz〕	n.	噪音
poise	〔pɔɪz〕	n.	平靜
praise	〔prez〕	vt.	讚美
raise	〔rez〕	vt.	舉起
these	〔ðiz〕	pron.	這些

二十六 sh

sh 在任何情況都讀〔ʃ〕

單　字	發　音	詞　性	詞　意
shame	〔ʃem〕	n.	羞恥
share	〔ʃɛr〕	vt.	分享
shell	〔ʃɛl〕	n.	貝殼
shift	〔ʃɪft〕	vt.	轉移
shine	〔ʃaɪn〕	vi.	發光

單　字	發　音	詞　性	詞　　意
show	〔ʃo〕	vt.	展示
shrewd	〔ʃrud〕	adj.	機敏的
dish	〔dɪʃ〕	n.	盤子
flesh	〔flɛʃ〕	n.	人或動物的肉
rush	〔rʌʃ〕	vi.	倉促行動
cash	〔kæʃ〕	n.	現金
push	〔pʊʃ〕	vt.	推
rash	〔ræʃ〕	n.	疹子
wash	〔wɑʃ〕	vt.	洗

二十七 t

1. t 有兩種讀音：不讀音和〔t〕

2. t 的讀音規則：

(一) 在 ch 之前不讀音

單　字	發　音	詞　性	詞　　意
batch	〔bætʃ〕	n.	(一)組，(一)團
bitch	〔bɪtʃ〕	n.	母狗
catch	〔kætʃ〕	vt.	捕捉

單　字	發　音	詞　性	詞　意
crutch	〔krʌtʃ〕	n.	丁型拐扙
fetch	〔fɛtʃ〕	vt.	接(人)
hatch	〔hætʃ〕	vt.	孵化
itch	〔ɪtʃ〕	n.	癢
match	〔mætʃ〕	n.	比賽
patch	〔pætʃ〕	n.	(衣服的)補丁
sketch	〔skɛtʃ〕	n.	素描
stitch	〔stɪtʃ〕	vt.	縫
switch	〔swɪtʃ〕	n.	開關
watch	〔wɑtʃ〕	n.	手錶
witch	〔wɪtʃ〕	n.	女巫

(二) 在其他情形都讀〔t〕

單　字	發　音	詞　性	詞　意
tame	〔tem〕	vt.	馴服
tease	〔tiz〕	vt.	嘲笑
tight	〔taɪt〕	adj	很緊的
tip	〔tɪp〕	n.	小費
toast	〔tost〕	vt.	爲…乾杯
ant	〔ænt〕	n.	螞蟻

單　字	發　音	詞　性	詞　意
craft	〔kræft〕	n.	手藝
debt	〔dɛt〕	n.	債務
dust	〔dʌst〕	n.	灰塵
feat	〔fit〕	n.	功績
rust	〔rʌst〕	vi.	生鏽
staff	〔stæf〕	n.	(全體)職員
stamp	〔stæmp〕	n.	郵票
theft	〔θɛft〕	n.	偷竊
throat	〔θrot〕	n.	喉嚨

二十八 th

1. th 有兩種讀音：〔ð〕和〔θ〕

2. th 的讀音規則：

(一) | 以 th 開頭的單字，若屬於代名詞、副詞和連接詞，則 th 讀〔ð〕

單　字	發　音	詞　性	詞　意
than	〔ðæn〕	conj.	比較
that	〔ðæt〕	pron.	那個
their	〔ðɛr〕	pron.	他們的

單　字	發　音	詞　性	詞　意
them	〔ðɛm〕	pron.	他們(受格)
then	〔ðɛn〕	adv.	那時
there	〔ðɛr〕	adv.	那裏
these	〔ðiz〕	pron.	這些
they	〔ðe〕	pron.	他們(主格)
this	〔ðɪs〕	pron.	這個
those	〔ðoz〕	pron.	那些
though	〔ðo〕	conj.	雖然
thus	〔ðʌs〕	adv.	因此

其他：

單　字	發　音	詞　性	詞　意
the	〔ðə, ði〕	art.	這個

(二) 母音字母＋th＋e 時，th 讀〔ð〕

單　字	發　音	詞　性	詞　意
bathe	〔beð〕	vi.	洗澡
breathe	〔brið〕	vi.	呼吸
clothe	〔kloð〕	vt.	給...穿衣
loathe	〔loð〕	vt.	非常討厭
seethe	〔sið〕	vi.	騷動

單 字	發 音	詞 性	詞 意
soothe	〔suð〕	vt.	撫慰
teethe	〔tið〕	vi.	長牙齒(特別指乳牙)
wreathe	〔rið〕	vt.	作成花圈

(三) th 在其他情形都讀〔θ〕

單 字	發 音	詞 性	詞 意
theme	〔θim〕	n.	主題
thick	〔θɪk〕	adj.	很厚的
thorn	〔θɔrn〕	n.	刺，棘
thread	〔θrɛd〕	n.	線
threat	〔θrɛt〕	n.	威脅
thrift	〔θrɪft〕	n.	節儉
throat	〔θrot〕	n.	喉嚨
throne	〔θron〕	n.	王位
bath	〔bæθ〕	n.	洗澡
breath	〔brɛθ〕	n.	呼吸
cloth	〔klɔθ〕	n.	布
faith	〔feθ〕	n.	信心
health	〔hɛlθ〕	n.	健康
oath	〔oθ〕	n.	誓詞

單　字	發　音	詞　性	詞　意
path	〔pæθ〕	n.	小徑，小路
stealth	〔stɛlθ〕	n.	祕密行動
warmth	〔wɔrmθ〕	n.	溫暖；親切

二十九 tr

tr 在任何情況下都讀〔tr〕

單　字	發　音	詞　性	詞　意
track	〔træk〕	n.	蹤跡
trade	〔tred〕	n.	貿易
train	〔tren〕	n.	火車
tramp	〔træmp〕	n.	流浪漢
trap	〔træp〕	n.	陷阱
trash	〔træʃ〕	n.	垃圾
treat	〔trit〕	vt.	對待
trick	〔trɪk〕	n.	詭計；惡作劇
trim	〔trɪm〕	vt.	修剪
truck	〔trʌk〕	n.	卡車
trust	〔trʌst〕	n.	信任
straight	〔stret〕	adj.	直的
street	〔strit〕	n.	街道

單　字	發　音	詞　性	詞　意
strict	〔strɪkt〕	adj.	嚴厲的
strike	〔straɪk〕	vt.	打擊
stroke	〔strok〕	n.	中風

三十

> v 在任何情況下都讀〔v〕

單　字	發　音	詞　性	詞　意
vague	〔veg〕	adj.	模糊的
vain	〔ven〕	adj.	徒然的；愛虛榮的
van	〔væn〕	n.	箱型客貨兩用車
vast	〔væst〕	adj.	廣大的
vein	〔ven〕	n.	血管；靜脈
vest	〔vɛst〕	n.	背心
vote	〔vot〕	vi.	投票
crave	〔krev〕	vi.	渴望
dove	〔dʌv〕	n.	鴿子
glove	〔glʌv〕	n.	手套
leave	〔liv〕	vt.	離開
rove	〔rov〕	vi.	眼睛轉來轉去

單　字	發　音	詞　性	詞　意
stove	〔stov〕	n.	烤箱
wave	〔wev〕	n.	波浪

 三十一 w

1. w 有兩種讀音：不讀音和〔w〕

2. w 的讀音規則：

(一) w＋r＋母音字母時，w 不讀音

單　字	發　音	詞　性	詞　意
wrap	〔ræp〕	vt.	打包
wreath	〔riθ〕	n.	花圈
wreck	〔rɛk〕	n.	遇難的船
wrench	〔rɛntʃ〕	n.	螺絲鉗
wrest	〔rɛst〕	vt.	奪取
wretch	〔rɛtʃ〕	n.	可憐的人
wring	〔rɪŋ〕	vt.	擰出(水等)
wrist	〔rɪst〕	n.	手腕
write	〔raɪt〕	vt.	寫
wrong	〔rɔŋ〕	adj.	錯誤的

(二) w＋母音字母時，w 讀〔w〕(2)

單　字	發　音	詞　性	詞　意
wake	〔wek〕	vi.	醒來
wand	〔wɑnd〕	n.	指揮棒
ward	〔wɔrd〕	n.	病房
warm	〔wɔrm〕	adj.	溫暖的
warn	〔wɔrn〕	vt.	警告
waste	〔west〕	n.	浪費
weak	〔wik〕	adj.	虛弱的
weep	〔wip〕	vi.	哭泣
wing	〔wɪŋ〕	n.	翅膀
wish	〔wɪʃ〕	vt.	希望
wit	〔wɪt〕	n.	機智
world	〔wɝld〕	n.	世界
dwell	〔dwɛl〕	vi.	居住
dwarf	〔dwɔrf〕	n.	侏儒
＊ sword	〔sɔrd〕	n.	劍
＊ two	〔tu〕	n.	二

三十二 wh

1. wh 有兩種讀音：〔h〕和〔hw〕

2. wh 的讀音規則：

(一) 只在五個特定單字中讀〔h〕

單　字	發　音	詞　性	詞　意
who	〔hu〕	pron.	誰(主格)
whole	〔hol〕	adj.	全部的
whom	〔hum〕	pron.	誰(受格)
whore	〔hɔr〕	n.	不貞的婦人
whose	〔huz〕	pron.	誰的(所有格)

(二) 在其他情形都讀〔hw〕

單　字	發　音	詞　性	詞　意
whale	〔hwel〕	n.	鯨魚
what	〔hwɑt〕	pron.	什麼
wheat	〔hwit〕	n.	小麥
wheel	〔hwil〕	n.	輪子
when	〔hwɛn〕	adv.	何時
where	〔hwɛr〕	adv.	在哪裏

單 字	發 音	詞 性	詞 意
which	〔hwɪtʃ〕	pron.	哪一個
while	〔hwaɪl〕	conj.	當...的時候
whine	〔hwaɪn〕	vi.	鬧彆扭
whip	〔hwɪp〕	n.	鞭子
whirl	〔hwɝl〕	n.	旋轉
whisk	〔hwɪsk〕	vi.	急速移動
white	〔hwaɪt〕	adj.	白色
why	〔hwaɪ〕	adv.	爲什麼

三十三 x

x 在任何情況下都讀〔ks〕

單 字	發 音	詞 性	詞 意
axe	〔æks〕	n.	斧頭
box	〔bɑks〕	n.	盒子
fix	〔fɪks〕	vt.	修理(東西)
fox	〔fɑks〕	n.	狐狸
mix	〔mɪks〕	vt.	混合
next	〔nɛkst〕	adj.	下一個的
ox	〔ɑks〕	n.	牛

Phonics

單　字	發　音	詞　性	詞　意
pox	〔pɑks〕	n.	水痘；膿泡
sex	〔sɛks〕	n.	性
sox	〔sɑks〕	n.	短襪
tax	〔tæks〕	n.	稅
text	〔tɛkst〕	n.	本文
vex	〔vɛks〕	vt.	使焦急
wax	〔wæks〕	n.	蠟

三十四 y

1. y 有三種讀音：〔ɪ〕，〔j〕和〔aɪ〕

2. y 的讀音規則：

(一) | y 出現在字中，而且 y 之後，都是子音字母時，y 讀〔ɪ〕

單　字	發　音	詞　性	詞　意
gym	〔dʒɪm〕	n.	體育館
hymn	〔hɪm〕	n.	聖歌
lynch	〔lɪntʃ〕	n.	私刑
myth	〔mɪθ〕	n.	傳說
nymph	〔nɪmf〕	n.	(神話中)居住在森林裏、河邊或海邊的女神

(二) y 出現在字首時，讀〔j〕

單　字	發　音	詞　性	詞　意
yacht	〔jɑt〕	n.	遊艇
yard	〔jɑrd〕	n.	院子
yawn	〔jɔn〕	vi.	打哈欠
year	〔jɪr〕	n.	年
yearn	〔jɚn〕	vi.	渴望
yeast	〔jist〕	n.	酵母
yell	〔jɛl〕	vi.	大叫
yes	〔jɛs〕	adv.	是的
yield	〔jild〕	vt.	生產
yoke	〔jok〕	n.	橫在肩上的扁擔
yolk	〔jok〕	n.	蛋黃
young	〔jɑŋ〕	adj.	年輕的
youth	〔juθ〕	n.	少年

(三) 字尾是 y，或是 y (＋子音字母)＋e 時，y 讀〔aɪ〕

單　字	發　音	詞　性	詞　意
by	〔baɪ〕	prep.	經由
bye	〔baɪ〕	adj.	附屬的
byte	〔baɪt〕	n.	字節

單　字	發　音	詞　性	詞　意
cry	〔kraɪ〕	vi.	哭
dry	〔draɪ〕	adj.	乾的
dye	〔daɪ〕	n.	染料
fly	〔flaɪ〕	vi.	飛
fry	〔fraɪ〕	vt.	煎
my	〔maɪ〕	pron.	我的
ply	〔plaɪ〕	vi.	辛勤工作
pry	〔praɪ〕	vi.	刺探
rhyme	〔raɪm〕	n.	押韻
rye	〔raɪ〕	n.	裸麥
shy	〔ʃaɪ〕	adj.	害羞的
sly	〔slaɪ〕	adj.	狡猾的
spy	〔spaɪ〕	n.	間諜
style	〔staɪl〕	n.	風格
try	〔traɪ〕	vt.	嘗試
type	〔taɪp〕	n.	型式
why	〔hwaɪ〕	adv.	為什麼
zyme	〔zaɪm〕	n.	酵素

三十五 z

z 在任何情況下都讀〔z〕

單　字	發　音	詞　性	詞　意
zeal	〔zil〕	n.	熱情
zest	〔zɛst〕	n.	強烈的興趣
zinc	〔zɪŋk〕	n.	鋅
zip	〔zɪp〕	n.	拉鍊
zone	〔zon〕	n.	區域
zoo	〔zu〕	n.	動物園
zoom	〔zum〕	n.	急速上升
zyme	〔zaɪm〕	n.	酵素
breeze	〔briz〕	n.	微風
coze	〔koz〕	vi.	談心
craze	〔krez〕	vt.	使發狂
doze	〔doz〕	vi.	打瞌睡
freeze	〔friz〕	vi.	凍結
laze	〔lez〕	vi.	懶散，混日子
maze	〔mez〕	n.	迷宮

三十六 同一個子音字母重複在字尾出現

同一個子音字母重複在字尾出現時，其讀音即是音標和它們相同的子音 (1)

單　字	發　音	詞　性	詞　意
add	〔æd〕	vt.	增加
bell	〔bɛl〕	n.	鈴；門鈴
bill	〔bɪl〕	n.	帳單
boss	〔bɔs〕	n.	老板
butt	〔bʌt〕	n.	樹根
buzz	〔bʌz〕	n.	嗡嗡聲
cliff	〔klɪf〕	n.	懸崖
ebb	〔ɛb〕	n.	退潮
egg	〔ɛg〕	n.	蛋
fall	〔fɔl〕	vi.	落下；跌倒
fill	〔fɪl〕	vt.	塡滿
full	〔fʊl〕	adj.	滿的
fuzz	〔fʌz〕	n.	絨毛
guess	〔gɛs〕	vt.	猜測
inn	〔ɪn〕	n.	客棧
jazz	〔dʒæz〕	n.	爵士樂

單 字	發 音	詞 性	詞 意
kiss	〔kɪs〕	n.	吻
mess	〔mɛs〕	n.	一團糟
miss	〔mɪs〕	vt.	想念
mitt	〔mɪt〕	n.	(棒球的)手套
odd	〔ɑd〕	adj.	奇怪的
off	〔ɔf〕	adv.	中止
putt	〔pʌt〕	vi.	(高爾夫)推球入洞
sniff	〔snɪf〕	vt.	用鼻子聞
staff	〔stæf〕	n.	(全體)職員
stiff	〔stɪf〕	adj.	僵硬的
＊ err	〔ɝ〕	vi.	犯錯

後 記

　　爲了回答「前言」中所提到的七個問題，這本專書的作者，使用了原創性的研究方法，經歷了辛苦而漫長的整理分析過程。這樣的方法和過程，大致可用下列十六個步驟來說明；這些步驟中，有些是相互重疊的，有些其先後次序並沒有嚴格的限制，也有的是一個步驟中包含了好幾個的步驟。

一　蒐集大量的常用單音節單字，做爲本書的研究素材；一些比較高階的單字，若有助於用來歸納出某些讀音規則，也會一起蒐集進來，納入研究的範圍。

二　將這些數量龐大的單字，按照它們的第一個母音字母是ａ，ｅ，ｉ，ｏ,或ｕ分成五大單元。

三　第壹大單元單字中，第一個母音字母ａ之後有相同或相關字母的，即把這些單字，放在同一小單元中。最終第壹大單元的單字，共分成二十個小單元。結構特殊、無法納入這二十小單元的，即放在另一個特別的單元裏。

四　以同樣的方法，來處理其它四大單元的單字。這四大單元單字，最終分成了十至二十九個小單元。

五　從第壹大單元的二十個小單元單字中，分別找出其母音字母的共同讀音及歸納出其讀音規則。同一小單元的單字中，若有少數幾個單字，其母音字母的讀音，與其它單字之母音字母讀音不同時，即把它們當作此一小單元讀音規則中的例外情形。

Postscrip

六　在進行第五個步驟的同時，決定了：同一個讀音規則，必須適用於三個(含)以上的單字，並允許例外的情形存在。

七　在進行第五個步驟的同時，也決定了：本書所指的母音字母，不只包括 a，e，i，o，u 而已，還包括這五個母音字母分別加上其後的某些字母也讀某一種母音的組合。以下二十個讀音規則，就是針對母音字母 a 或 a 的組合，在執行第五、第六、第七個步驟完畢後的結果：

單音節單字中，第一個母音字母為 a 或 a 的母音字母組合時，共有二十個讀音規則

規則一：a ＋ gue 時，a 讀〔e〕

規則二：a ＋ lk 時，a 讀〔ɔ〕(此時 l 不讀音)

規則三：a ＋ ll 或 lt 時，a 讀〔ɔ〕

規則四：a ＋ lm 時，a 讀〔ɑ〕(此時 l 不讀音)

規則五：a ＋ nce 時，a 讀〔æ〕

規則六：a ＋ r ＋ e 時，a 讀〔ɛ〕

規則七：a ＋ r ＋ 子音字母 ＋ e 時，a 讀〔ɑ〕

規則八：a ＋ 非 r 的子音字母＋ e 時，a 讀〔e〕

規則九：a ＋ ste 時，a 讀〔e〕

規則十：ai ＋ r 時，ai 讀〔ɛ〕

規則十一：ai ＋ 非 r 的子音字母時，ai 讀〔e〕

規則十二：au ＋ 子音字母(＋子音字母)時，au 讀〔ɔ〕

規則十三：au ＋ 子音字母＋ e 時，au 讀〔ɔ〕

規則十四：aw ＋ φ 或子音字母時，aw 讀〔ɔ〕

規則十五：ay ＋ φ 時，ay 讀〔e〕

規則十六：squ ＋ a ＋ 非 ll, re 或 wk 的子音字母時，a 讀
　　　　　〔ɑ〕

規則十七：w ＋ a ＋ r (＋子音字母)時，a 讀〔ɔ〕

規則十八：w ＋ a ＋ 非 l, r, w, 或 y 的子音字母(＋子音字母)
　　　　　時，a 讀〔ɑ〕

規則十九：(非 w 的子音字母)＋ a ＋r (＋子音字母)時，a 讀
　　　　　〔ɑ〕

規則二十：(非 w 的子音字母)＋ a ＋非 l, r, w 或 y 的字音字
　　　　　母(＋子音字母)時，a 讀〔æ〕

其他個別的例子

⑧　把這二十個 a 的母音字母(組合)之讀音規則重新分組，讓 a
　　的母音字母組合中，讀相同母音的讀音規則及其例証，都放
　　在同一個組別裏。結果共分成五個大組(請參見本書中第一
　　部份的第壹大單元)。

⑨　在進行第八個步驟的同時，確定所介紹之a的母音字母(組合)
　　在各組中的讀音和讀音規則，其出現的先後次序，已儘可能
　　符合本書所定下的三個原則。

⑩　按照前面第五到第九個步驟，來一一處理其它四大單元的單

字。母音字母(組合)讀音規則的整理歸納工作，到此暫時告一段落。

十一　整理子音字母讀音的過程，也是經過層層審慎的分析。首先，從第一個步驟所蒐集到的單音節單字中，按照其組成字母裏有 b 到 z 的順序排列，分成三十一個單元；後來因一些特殊情形，又加入另外五個單元。

十二　在進行第十一個步驟的同時，決定了：本書所指的子音字母，不只是原來的二十一個個別的子音字母(已扣除了五個母音字母)，還包括這些字母後面加上另一個子音字母後，讀另一種子音的組合；屬於後者的組合有十五個。

十三　找出這三十六個單元單字中，各個子音字母(組合)的讀音或各種讀音，並歸納出它們的讀音規則。

十四　多數的子音字母(組合)有一種以上的讀音，故在進行第十三個步驟的同時，決定了介紹這些讀音先後次序的原則。

十五　本書的研究工作，在完成了第十四個步驟後，即差不多已經結束。所有的研究成果，都已寫在稿紙上。這個初稿經過幾次修改後，即輸入電腦。

十六　資料輸入後列印出來，開始著手校對工作。經過多次的修正、討論、補充、輸入電腦、列印、再校對後，才終於定稿。

　　任何讀者，在看了以上的十六個步驟和讀完本書後，都應會同意，這一本著作，真的是得來不易。本書的作者相信，它已是自然發音法的經典之作，但仍期盼日後能看到此一領域的專家、學者，使用不同或更有效的研究方法，來回答前言中的七個問題，為自然發音法的學習者或教授者，提供更多或更好的選擇。

　　此外，　本書作者已開始合寫，　另一本與本書相關的著作—《英文雙音節單字速記法》(楊明倫和李輝華合著)，預計該書能在三年內與讀者見面。該書的目的，是要幫助高中程度的學生，以獨特的方法，快速掌握約一千八百個常用的英文雙音節單字。

附　錄　看似單音節實為雙音節的單字

　　本書第一部份，所介紹的母音字母各種讀音及其讀音規則中，有不少是兩個母音字母合起來讀某一種母音的例子。以下這些單字中，也都出現了母音字母加另一個母音字母的情形。但這兩個母音字母並不是合起來讀某一種母音，而是分別讀不同的母音。因此，這些單字，實際上是雙音節單字，而非單音節單字。這種例子很特別，故本書將它們放在書的最後幾頁，供讀者參考。此外，這些單字中大部份，都會出現在本書作者目前正在合寫的另一本著作《英文雙音節單字速記法》裏。

單　字	發　音	詞　性	詞　意
bias	〔′baɪəs〕	n.	偏見
chaos	〔′keas〕	n.	混亂
client	〔′klaɪənt〕	n.	客戶
coerce	〔ko′ɝs〕	vt.	恐嚇
create	〔krɪ′et〕	vt.	創造
cruel	〔′kruəl〕	adj.	殘忍的
deice	〔dɪ′aɪs〕	vt.	除冰
deist	〔′diɪst〕	n.	自然神論者
dial	〔′daɪəl〕	vt.	撥(電話號碼)
diet	〔′daɪət〕	n.	飲食
dual	〔′djuəl〕	adj.	雙重的
duel	〔′djuəl〕	n.	決鬥

Appendix

單　字	發　音	詞　性	詞　意
duet	〔duˊɛt〕	n.	二重唱
eon	〔ˊiən〕	n.	很久很久的時間
fiat	〔ˊfaɪət〕	n.	命令
fluent	〔ˊfluənt〕	adj.	流利的
fluid	〔ˊfluɪd〕	n.	液體
fuel	〔ˊfjuəl〕	n.	燃料
giant	〔ˊdʒaɪənt〕	n.	巨人
gruel	〔ˊgruəl〕	n.	稀飯
liar	〔ˊlaɪɚ〕	n.	說謊者
lion	〔ˊlaɪən〕	n.	獅子
naive	〔naˊiv〕	adj.	天眞的
neon	〔ˊniɑn〕	n.	霓虹燈
nuance	〔ˊnuɑns〕	n.	色調，(顏色等的)細微差異
poem	〔ˊpoəm〕	n.	詩
poet	〔ˊpoət〕	n.	詩人
preempt	〔prɪˊɛmpt〕	vt.	先占有
prior	〔ˊpraɪɚ〕	adj.	先前的
quiet	〔ˊkwaɪət〕	adj.	安靜的
react	〔rɪˊækt〕	vi.	反應
riot	〔ˊraɪət〕	n.	暴動

單　字	發　音	詞　性	詞　意
ruin	〔ˈruɪn〕	vt.	毀滅
science	〔ˈsaɪəns〕	n.	科學
trial	〔ˈtraɪəl〕	n.	審判
via	〔ˈvaɪə〕	prep.	經由
vial	〔ˈvaɪəl〕	n.	藥水瓶

國家圖書館出版品預行編目資料

英語自然發音法規則／李輝華，楊明倫合著.
　　－－二版. －－臺北市：五南圖書出版股份
　　有限公司, 2018.08
　　面；　公分
　　ISBN 978-957-11-9821-7（平裝）

1.英語　2.發音

805.141　　　　　　　　　　107011647

1AH2

英語自然發音法規則

作　　　者 ― 李輝華、楊明倫

發 行 人 ― 楊榮川

總 經 理 ― 楊士清

總 編 輯 ― 楊秀麗

副總編輯 ― 黃文瓊

封面設計 ― 姚孝慈

出 版 者 ― 五南圖書出版股份有限公司

地　　　址：106台北市大安區和平東路二段339號4樓

電　　　話：(02)2705-5066　　傳　　真：(02)2706-6100

網　　　址：https://www.wunan.com.tw

電子郵件：wunan@wunan.com.tw

劃撥帳號：01068953

戶　　　名：五南圖書出版股份有限公司

法律顧問　林勝安律師

出版日期　2014 年 6 月初版一刷
　　　　　2018 年 8 月二版一刷
　　　　　2023 年 11 月二版三刷

定　　　價　新臺幣320元

經典永恆・名著常在

五十週年的獻禮 —— 經典名著文庫

五南，五十年了，半個世紀，人生旅程的一大半，走過來了。

思索著，邁向百年的未來歷程，能為知識界、文化學術界作些什麼？

在速食文化的生態下，有什麼值得讓人雋永品味的？

歷代經典・當今名著，經過時間的洗禮，千錘百鍊，流傳至今，光芒耀人；

不僅使我們能領悟前人的智慧，同時也增深加廣我們思考的深度與視野。

我們決心投入巨資，有計畫的系統梳選，成立「經典名著文庫」，

希望收入古今中外思想性的、充滿睿智與獨見的經典、名著。

這是一項理想性的、永續性的巨大出版工程。

不在意讀者的眾寡，只考慮它的學術價值，力求完整展現先哲思想的軌跡；

為知識界開啟一片智慧之窗，營造一座百花綻放的世界文明公園，

任君遨遊、取菁吸蜜、嘉惠學子！